KB078314

MLB
메이저리그

MLB-메이저리그 9

말리브해적 장편소설

초판 1쇄 찍은 날 § 2016년 3월 31일
초판 1쇄 펴낸 날 § 2016년 4월 7일

지은이 § 말리브해적
펴낸이 § 서경석

편집책임 § 한준만
디자인 § 신현아

펴낸곳 § 도서출판 청어람
등록번호 § 제387-1999-000006호
등록일자 § 1999. 5. 31
어람번호 § 제1-2389호

주소 § 경기도 부천시 원미구 부일로 483번길 40 서경B/D 3F (우) 14640
전화 § 032-656-4452 팩스 § 032-656-4453
http://www.chungeoram.com
E-mail § chungeorambook@daum.net

ISBN 979-11-04-90724-1 04810
ISBN 979-11-04-90474-5 (세트)

FUSION FANTASTIC STORY

9

말리브해적 장편소설

MLB 메이저리그

도서출판 청어람

MLB
메이저리그
KANG
62

Contents

1. 아시안 게임 출전

대한 체육회의 장진욱 이사는 책상에 놓인 서류를 바라보았다. 컵스 구단이 삼열의 아시안 게임 출전을 허락해 준다는 공문서였다.

다만 본선 경기에 한해 협조한다는 조건이 붙었지만 메이저리그 최고의 투수가 아시안 게임에 출전할 수 있다는 사실은 우승에 청신호였다.

강삼열의 참여를 밀어붙인 것이 바로 장진욱 이사였다. 그는 두 주먹을 불끈 쥐었다.

예선 경기는 뛰지 않는다는 조건이지만 메이저리그가 아직 끝나지 않았다는 것을 고려한다면 매우 놀랄 만한 소식으로, 컵스 구단의 용단이 아니라면 나올 수 없는 결정이었다.

똑똑.

"어서 오세요."

"이사님, 그게 정말입니까?"

오지호가 사무실로 들어서면서 물었다. 장진욱은 웃으며 고개를 끄덕였다.

강삼열. 메이저리그 데뷔 첫해에 신인상과 내셔널 리그 사이영상을 받은 천재적인 투수. 한 시즌 동안 28경기에 나와 평균 자책점이 채 1점이 넘지 않은 것은 메이저리그 100년의 역사 중에서도 처음이다.

"이번에도 우승할 수 있겠지요?"

"그럼요. 최고의 선수들로 구성했으니까요."

"오 이사가 삼열이를 좀 잘 챙겨주세요."

"하하, 걱정하지 마십시오. 그 녀석은 혼자서도 알아서 잘 할 놈입니다."

"하긴, 실력만큼은 이미 메이저리그 최고이니까요."

대한민국은 박찬호 이후 메이저리그 열풍에 빠져들었다. 한국인 투수가 메이저리그를 점령했다는 소식은 불황으로 힘들어하는 국민의 마음에 내리는 단비였다.

이미 한국에서의 삼열의 별명은 TV를 틀기만 하면 광고가 나온다고 해서 수도꼭지였다.

그중 한국 나이키가 제작한, 그의 퍼펙트게임 영상이 담긴 광고는 가히 블록버스터 급이었다.

기존의 자료를 재구성한 정도가 아니라 연기자를 동원해 촬영하였을 뿐만 아니라 아름다운 CG가 덧입혀져 엄청난 감동을 주었다.

단순히 멋만 있는 것은 물론 아니었다.

어린아이를 좋아한다는 그의 특징을 잡아 마리아나와 닮은 아이가 삼열이 퍼펙트게임을 한 후 환하게 웃는 모습을 담았는데, 사람들의 마음을 울리는 임팩트가 굉장했다. 그래서 방송 이후 한국 나이키의 매출이 엄청나게 신장되었다.

또 하나는 한국 최고의 걸그룹 파란오렌지와 같이 찍은 스마트폰 광고였다.

파란오렌지 하나만으로도 효과가 큰데 여기에 삼열이 가세했으니 그 기세는 엄청났다.

파란오렌지는 K–Pop의 선두주자다. 동남아는 물론 미국 시장까지 노리고 있는 중이었고, 그 인기는 가히 폭발적이었다. 특히 막내 이주현이 한 예능 프로그램에 나와 삼열의 전화번호를 알고 있다고 해서 출연한 동료 연예인들에게 엄청난 부러움을 받았었다.

"앙큼한 막내가 우리들에게도 비밀로 하고 있었어요."

"절대로 말해 주지 않아요. 얄미워 죽겠어요. 자기만 강삼열 선수의 팬이 아닌데 말이죠. 하지만 막내야, 강삼열 선수는 이미 결혼했단다."

언니들이 아무리 약을 올려도 이주현은 강삼열의 전화번호를 끝까지 혼자 가지고 있겠다고 당당하게 소리를 높여 촬영장을 초토화시켰다.

이렇듯 한국에서 삼열의 인기는 스타 연예인들보다 높았다. 그런 그에게 안티 팬이 아예 없다는 점도 이상했다.

그의 뛰어난 성적이 어지간한 안티를 올킬시킨 것도 있었지만, 그의 평범한 외모가 이 부분에서 큰 역할을 했다. 사람들은 평범한 그의 얼굴을 보고 위안을 받았던 것이다. 오히려 어린 나이에 아름다운 마리아와 결혼한 그가 남자들의 로망이 되었다.

삼열의 루게릭병이 폭로되고 나자 한동안 사람들은 서로 만나면 앞으로 어떻게 되는가, 영웅이 이렇게 쉽게 추락하는가, 하며 그 이야기만 했다. 그런데 몇몇 의사들과 의학자들이 매스컴을 통해 삼열의 병이 아마도 극복되거나 완치되었을 확률이 높다는 말을 했고, 그들의 말은 삼열의 팬을 안심시켰다.

삼열이 아시안 게임의 본선에는 출전한다는 것이 뉴스에서 방송되자마자 가뜩이나 높았던 그의 인기는 폭발적으로 올라갔다.

일부에서는 삼열이 예선전이 아닌 본선 경기에만 나온다는 것은 너무 약은 것이 아니냐고도 했지만, 그런 말은 얼마 안 있어 사라졌다.

왜냐하면 아시안 게임 기간과 메이저리그 시즌이 겹친다는 것을 알았기 때문이다. 삼열이 강하게 아시안 게임에 출전하겠다는 의지를 보이지 않았다면 출전 자체가 있을 수 없는 일이었다.

삼열의 아시안 게임 참여가 확정되자 방송은 재빠르게 그에 대한 프로그램들을 편성하기 시작했다. 그중 가장 인기 있는 것은 '메이저리그를 가다'라는 KBC의 리얼 프로그램이었다. 아무래도 KBC ESPN은 메이저리그를 방송하다 보니 삼열에 대한 정보가 다른 방송국보다 많았다.

그래서 삼열에 대한 내용을 제작하는 것이 다른 방송국보다 쉬웠다.

이 프로그램에는 삼열의 고등학교 야구부원들과 감독, 그리고 그에게 처음 투구를 가르쳐 준 이상영 전 국가대표 선수가 나와 언론 뒤에 가려진 삼열에 관한 이야기를 했다. 그러자 폭발적인 시청률이 나왔다.

메이저리그 최고의 악동이 어떻게 탄생되었는지, 그의 어린 시절의 비화를 듣는 것은 사람들에게 매우 매력적인 일이었다.

그러면서 그의 불우한 어릴 시절의 이야기가 그대로 나오자 사람들은 마음 아파했다. 어려서 혼자가 된 그가 살아남기 위해 어떤 투쟁을 했는지 리얼하게 낱낱이 방송되었다. 사람들은 삼열을 동정하며 인간 승리를 이룬 어린 영웅을 기쁜 마음으로 축하해 줬다.

어려서 고아가 되어 혼자 밥을 해먹고 살았던 그 작은 임대아파트가 나오고, 명목상으로만 존재했던 야구부가 그의 입단으로 어떻게 변하게 되었는지 방송이 되자 사람들은 말할 수 없는 감동을 받았다.

특히나 대광고 출신의 선수들이 나오는 대목에서 사람들은 그가 얼마나 치열하게 살았는지 알 수 있게 되었다.

—삼열이 형요? 아무도 그 형만큼 연습 못 해요. 형은 하루 종일 뛰었어요. 내가 하루는 왜 그렇게 뛰냐고 형에게 물어봤죠. 그때 형이 이렇게 대답했어요. 지금 할 수 있는 것이 이것밖에 없다고. 이것을 하지 않으면 내가 살아 있는 것을 느끼지 못할 것이라는 말을 했을 때 전 그 말을 이해하지 못했었죠. 그런데 얼마 전에야 알게 되었어요, 그 말의 의미를요. 형은 그때 루게릭병에 걸렸었던 거예요. 이게 의학적으로 가능한 것인지는 몰라도 형은 그 병을 이기기 위해 뛰었던 것 같

았어요.

삼열이 그렇게 어려운 현실 속에서도 대광고의 야구부원들에게 거의 매일 자장면을 사준 내용이 나오자 인터뷰를 진행하던 PD조차 눈물을 글썽였다.

―형의 결혼식에 못 간 것은 섭섭해요. 하지만 방송에 나왔듯이 비밀 결혼이었잖아요. 저라도 그런 상황이면 그렇게 했을 거예요. 형 덕분에 오늘의 우리가 있어요. 그때의 야구부였다면 우리는 대학에도 못 가고 실업야구 팀에도 못 갔을걸요. 하지만 그때 황금사자기 준우승, 그리고 청룡기 우승을 통해 우리의 인생이 달라졌죠. 그때 형과 같은 학년이었던 선수들은 한 사람도 예외 없이 대학과 프로 팀에 입단하여 모두 잘나가고 있어요.

2주 후에 2부가 방송될 예정이었다. 2부는 말 그대로 메이저리그에서의 삼열의 삶을 다루는 이야기였다.

KBC 방송 팀은 미국으로 같이 갈 연예인을 재빠르게 섭외했다. 마침 활동이 뜸한 파란오렌지에게 이 일을 요청하자 아홉 명의 팀원 중에서 반이나 자원했다.

'메이저리그를 가다'의 나문열 PD는 당혹스러움을 느꼈다. 다섯 명 모두를 데리고 갈 수는 없었다. 그렇다고 엄청난 인기를 누리는 이 소녀들에게 매정하게 말할 수도 없다. 다음을 기약해야 했기 때문이다.

취재차 가는 것이라 많아야 두 명 이상은 곤란했다. 이번 이야기의 중심은 소녀들이 아니라 삼열이니 말이다.

그래서 나문열 PD는 파란오렌지의 소속사에 솔직하게 이야기를 했다. SN의 현기영 이사가 지원한 다섯 소녀들을 불렀다.

수려한 외모와 늘씬한 몸매를 가지고 있으나 주책바가지인 아영, 입이 하마같이 크고 예쁜 은영, 미국에서 태어난 줄리아와 제시카, 그리고 막내 이주현이었다.

"니들 들었지? 미국에는 최대 두 명밖에 못 간단다. 주딩이가 정리해라."

"네."

소녀들은 사무실에서 나와 로비에서 커피를 마시며 이야기를 했다.

"이제 어떻게 하지?"

은영이 말하자 아영이 대답했다.

"이사님이 나에게 맡겼으니 제비뽑기로 하자. 그전에 꼭 가야 하는 이유가 있는 사람은?"

"언니, 저요."

막내 이주현이 손을 들었다.

"넌 또 왜?

"제가 오빠에게 응원가 만들어 준다고 했거든요."

"이메일로 보내면 되잖아."

"그래도……."

"이렇게 하겠어. 줄리아와 제시카는 미국이 고향이니 이번 기회에 가고 싶겠지. 그래서 둘 중 한 명은 꼭 갈 수 있도록 하고 나머지는 뽑기다. 이의 없지?"

"네."

오직 이주현만 불만이 가득했다.

그러나 10분 후 진행된 뽑기에 줄리아와 이주현이 당첨되었다. 이주현은 좋아서 팔짝팔짝 뛰었다.

아영이 좋아하는 이주현에게 작은 소리로 물었다.

"너는 왜 그렇게 가고 싶어 하는데? 삼열 오빠는 결혼했잖아."

"오빠는 내 인생의 롤 모델이에요."

"뭐?"

"나도 오빠처럼 어려움을 극복하고 꼭 훌륭한 사람이 될 거예요."

"그래, 졌다. 네가 여왕이다."

"히힛."

* * *

한국에서 삼열에 대한 취재 열기가 뜨겁지만 정작 당사자인 삼열은 그런 사실을 알지도 못했다.

인터넷으로 가끔 한국 기사를 보지만 그다지 자세히 보는 편은 아니었다. 이제 한국은 아무런 연고도 없는, 대한민국의 국민이지만 딱히 매력적인 무엇이 남아 있지 않은 곳이었기 때문이다.

—메카인 해설 위원님, 이제 경기가 마무리되는군요.

—그렇습니다. 6회에 삼열 강 선수가 히트 바이 어 피치드 볼을 맞고 1루에 진출한 다음 특별한 일은 없군요. 하하, 삼열 강 선수 무척 튼튼해요. 얼핏 봐도 굉장히 아팠을 것 같은데도 얌전하게 1루로 걸어가지 않았습니까?

—그렇습니다. 투수가 오늘처럼 몸에 맞는 공을 맞기도 드문 일인데요. 덕분에 조시 조나단 투수는 퇴장당하지 않았습니까?

—네, 주심이 의도성이 있는 공이라고 본 것이죠. 삼열 강 선수에게 열한 개의 공을 던지고 있었으니까요.

—8회에 투 아웃을 잡고 교체를 한 이유는 무엇입니까?

—경기가 시작되었을 때 말씀드렸다시피 오늘 경기가 끝나면 삼열 강 선수의 인터뷰가 있습니다. 아마도 자신은 괜찮다는 것을 말하고 싶겠죠. 공에 맞자마자 교체되면 아무래도 말

들이 많을 수 있거든요.

—그럴 수가 있겠군요. 말씀드리는 순간, 마무리 투수 시세 마몰이 나오는군요. 마몰의 요즘 성적은 거의 퍼펙트에 가깝지 않습니까?

—그렇습니다. 오늘은 마몰이 경기를 마무리 지어도 세이브 포인트를 얻을 수 없는데요. 아마도 삼열 강 선수를 돕기 위해 자진 등판했을 확률이 높습니다. 경기가 시작되기 전에 컵스의 선수들이 오늘 경기는 꼭 이겨서 삼열이 힘을 냈으면 좋겠다고 말해 왔었거든요.

—아, 그런 일이 있었군요.

삼열은 더그아웃에서 묵묵히 마운드에 선 시세 마몰을 바라보았다.

작년에는 마몰의 성적이 좋지 못했다. 몇 경기를 날려 버리자 평균 자책점이 4.34까지 올라갔다. 하지만 올해는 4경기에 나와 모두 세이브를 기록했다.

그의 평균 자책점은 0이었다.

삼열은 경기를 보면서 오늘 있을 인터뷰를 생각했다.

보스턴 구단에서 이루어진 검사는 처음부터 삼열의 의견 따위는 무시하고 강제로 진행되었다. 그래서 삼열은 화가 아직도 풀리지 않고 있었다.

"다 말해 버릴 거야. 두고 봐. 제대로 복수해 줄 거야."

삼열의 입에서 나온 음산한 말을 옆에서 들은 랜디 팍스가 슬그머니 자리를 옆으로 옮겼다. 매튜 뉴먼도 슬쩍 엉덩이를 떼어 옆으로 옮겨 삼열에게서 멀어졌다.

'와아' 하는 소리와 함께 시세 마몰이 마운드에서 두 손을 번쩍 들었다.

관중석에서 박수가 터져 나왔다. 그는 오늘도 5경기 연속 무실점으로 자책점 0을 이어갔다.

삼열도 일어나 박수를 쳤다. 2경기 연속해서 승리 투수가 된 것이다. 인터뷰도 기분 좋게 할 수 있을 것 같아 기분이 좋았다.

삼열은 마운드로 뛰어가는 선수들와 함께 마몰에게 고맙다고 말했다. 그러자 마몰이 삼열의 어깨를 손으로 두드리며 격려했다.

삼열은 마운드로 가 발판을 손으로 쓰다듬으며 무릎을 꿇고 입을 맞췄다. 그리고 일어나 두 손을 불끈 쥐고 위로 뻗었다. 그러자 엄청난 박수와 함께 파워 업 소리가 리글리 필드에 가득 찼다.

만화 주제가를 변용한 응원가가 1루쪽 관중석에서 흘러나오더니 점점 넓게 퍼져갔다. 3루 쪽 마이애미 말린스의 팬들 중에도 따라 부르는 사람들이 생겼다.

삼열은 자신을 격려하는 팬들의 환호를 받으며 기자들과의 인터뷰를 준비했다.

오늘은 예외적으로 감독과 홈런 두 개를 때려 MVP가 된 로버트의 인터뷰도 생략되었다.

—안녕하십니까? 컵스의 대변인이자 법률 고문인 찰리 맥클레인입니다. 이제부터 삼열 강 선수에 대한 인터뷰를 시작하겠습니다. 이제 막 경기를 끝낸 선수라는 점을 고려하여 인터뷰를 진행하겠습니다. 따라서 전체 인터뷰 시간은 30분으로 한정하겠습니다. 내용에 대한 제재는 없겠지만 법률 고문인 제가 볼 때 개인의 인격을 침해하는 내용은 제재하겠습니다. 그럼 이제부터 시작합니다. 삼열 강 선수, 나와 주세요.

—삼열 강입니다. 저는 여기서 저에 대해 일어나는 의혹을 모두 명백히 밝히겠습니다. 먼저, 제가 한때 루게릭병에 걸린 것은 맞습니다.

수십 명의 기자가 그를 주목하는 와중에 삼열은 입을 열었다.

—제가 루게릭병에 걸린 것은 15세였으며 진행 속도는 매우 느렸습니다. 루게릭병에 걸린 사람들이 평균적으로 4년을 넘기지 못하고 죽는 것과 달리 저는 병의 진행 속도로 보아 약 10년은 버틸 수 있을 것이라는 의사의 소견을 들었습니다. 그

런데 저는 얼마 전 의사에게 완치 판정을 받았습니다. 이 진단서는 제 장인과 장모님에게 보여드리기 위해 권위 있는 존스 홉킨스 병원에서 발급받았으며 앤드류 멀리 박사는 이에 대한 보증을 약속하셨습니다. 그러므로 제 말에 대한 진위는 존스 홉킨스 병원의 멀리 박사님에게 확인하시면 될 것입니다.

삼열이 말을 끝내자 뉴욕 타임스의 기자 잭 스몰스가 가장 먼저 질문을 했다.

뉴욕 타임스, 워싱턴 포스트 등 전국지까지 나와 취재를 했고 방송국은 거의 20여 개가 생방송으로 찍고 있었다. CNN, CBS, ABC, FOX와 시카고 지역 방송국들이었다.

어지간한 유명 매체는 모두 나왔다. 그만큼 이 사건은 미국에서 가장 큰 이슈 중의 하나였다. 단순히 야구 선수에 대한 취재가 아니라 의사와 환자 간의 비밀 규약을 어긴 사건이면서 동시에 레드삭스의 이상한 트레이드의 미스터리가 풀리는 순간이었기 때문이다.

—레드삭스의 닥터 마이어의 불법 의료 행위가 있었다고 보십니까?

—그가 레드삭스에 존재하는 것부터가 불법입니다.

—네, 그게 무슨 말씀이신지요?

—그가 어떻게 의사가 되었는지는 모르겠습니다. 당연히

공부를 잘해서 의사가 되었겠지요. 하지만 그런 멘탈을 가지고 어떻게 의사가 되었는지, 미국의 의료법이 극히 의심이 됩니다. 일단 그는 저의 동의 없이 진료를 하였고 그 결과를 제게 통보해 주지도 않았습니다. 오히려 두 번째 진료에서 저는 분명히 거부 의사를 밝혔었습니다. 무엇인가 이상하게 돌아간다고 느껴졌었거든요. 그런데 그가 강행하였습니다. 마이너리거 따위가 하는 거부가 그에게 제대로 보였을 리가 없었겠지요.

—아, 네. 그렇겠죠.

—그런 그가 비록 제삼자를 통해 발설했다고는 하지만, 이런 방식 자체가 용납되어서는 안 됩니다. 다섯 다리만 거치면 지구의 모든 사람을 알 수 있다는 말이 있습니다. 즉, 사적인 자리에서 한 말이지만 다섯 다리만 거치면 이 세상의 모든 사람이 알 수 있는 환자의 비밀을 그는 의도적으로 누설하였습니다. 제가 레드삭스 산하 포틀랜드 씨 독스에서 던진 구속은 평균 98마일 정도가 되며 최고 구속은 103마일이었습니다. 이 정도면 현존하는 최고 투수들이 던지는 것과 큰 차이가 없습니다. 그런데 저를 트레이드시켰습니다. 왜냐하면 닥터 마이어의 보고 때문이었습니다.

—조금 더 자세하게 말씀해 주실 수 있습니까?

—물론입니다. 닥터 마이어는 선수들의 건강을 위해 진료

하지 않았습니다. 일반적으로 의사가 검진해서 문제가 생기면 그 사실을 제일 먼저 누구에게 말을 합니까? 바로 환자나 환자의 가족에게 합니다. 그러나 닥터 마이어는 이런 통상적인 예를 벗어나 구단에 가장 먼저 보고를 하였습니다. 그리고 제가 레드삭스를 떠날 때까지 구단과 닥터 마이어에게서 그 어떤 말도 듣지 못했습니다. 다른 병도 아니고 목숨이 위태로운 질병에 대해서 단 한마디도 언급이 없었습니다. 왜냐하면 내게 통보를 해주면 220만 달러나 투자한 상품을 팔아먹을 수 없게 되니까요.

―그렇다면 닥터 마이어의 검진 때문에 트레이드를 당했다는 말씀이신가요?

CNN의 찰리 뉴욕 기자가 세 번째로 질문했다.

―그렇습니다. 레드삭스는 상품에 결정적인 흠이 있다고 판단을 한 모양입니다. 베이브 루스가 양키스로 트레이드될 때의 경우도 비슷했죠. 그때 해리 프레지 구단주는 베이브 루스를 인격 파탄자에 이기적이며 분별력이 없는 사람이라고 매도했습니다. 하지만 그를 데려간 양키스의 관중은 그해 두 배로 늘어났고 뉴욕 자이언츠의 폴로그라운드에서 눈칫밥을 먹고 있던 양키스는 새로운 구장을 지을 수 있었습니다. 저도 마찬가지입니다. 레드삭스는 220만 달러를 아끼기 위해 저를 컵스에 팔아먹었습니다. 자신들이 볼 때는 전혀 선수로서 가치가

없는 병든 선수를 말입니다.

삼열의 말은 충격적이었다. 기자들도 재빨리 인터뷰 내용을 정리하여 신문사로 1차 원고를 전송하고 있었다.

—마지막으로 한 말씀 해주십시오.

—병은 인간의 의지로 치료되지는 않습니다. 하지만 포기하지 않는다면 가장 존엄하게 죽을 수는 있습니다. 인간은 고귀한 삶을 살 수도 있으며 행복해질 수도 있습니다. 그러니 환자들은 자신의 삶을 포기하지 않고 어떻게 하면 더 행복해질 수 있을까 고민해야 합니다. 죽지 않는 사람은 없습니다. 언제 죽는지 아는 것은 공포이지만 돌이켜보면 축복이기도 합니다. 대부분의 사람은 언제 죽게 되는지도 모르고 죽으니까요. 하지만 질병 때문에 오는 고통은 정말 참기 힘듭니다. 그러니 아플 때 서로 격려하는 말을 해주었으면 합니다. 제가 늘 외치는 파워 업이나 파이팅 같은 말을 하면 아주 조금이지만 힘이 됩니다. 저는 어린 환자들에게 깊은 연대감을 느낍니다. 왜냐하면 저도 어릴 때 루게릭병이 발병했었으니까요. 저는 그들과 함께할 것입니다.

인터뷰가 끝났다.

어차피 이번 인터뷰는 삼열의 병이 무엇이었느냐를 확인하는 자리였다.

이 짧은 인터뷰는 미국 사회를 강타했다. 먼저 메이저리그 선수 노조에서 들고일어났다.

구단이 하는 건강 검진의 내용을 최소화할 것과 반드시 선수의 동의를 구해야 하며 이 때에 구단은 우월적 지위를 남용할 수 없다는 내용의 성명이었다.

메이저리그 구단들은 이를 즉각 수용했다. 일단 시간을 질질 끌어봐야 구단에게 유리할 것이 없었기 때문이다. 노조가 파업을 시작하면 가장 어려움을 겪는 것은 구단이다.

1994년 메이저리그 구단과 선수 노조가 충돌해 일어난 파업은 장장 232일 동안 계속되었고 그해의 월드 시리즈조차 취소되었다.

구단과 선수들 모두 엄청난 손해를 보았지만 구단이 더 타격을 받았다. 그러니 별로 중요하지 않는 항목에서 선수 노조와 부딪힐 이유는 없었다. 어차피 장기 계약하는 선수는 정밀 진단을 따로 하니까.

삼열의 인터뷰 후 레드삭스는 미국인의 조롱거리가 되었다. 코미디의 소재로도 등장하여 부도덕한 대명사가 되었다. 여기에 삼열의 한마디가 결정적이었다.

"밤비노의 저주는 베이브 루스가 한 저주가 아닙니다. 부도덕한 구단주의 저주죠. 돈이 필요해서 트레이드했으면서 선수의 인격을 모독하다니 염치가 없는 일입니다. 만약 FA가 되어 레드삭스의 라이벌 팀이 원한다면 심각하게 이적을 고려해 보겠습니다. 레드삭스와 하는 경기는 모두 퍼펙트게임으로 이기겠습니다."

삼열의 이 말은 곧바로 매스컴을 통해 사람들에게 전해졌다. 그러자 양키스가 즉각 반응했다.

"우리는 처음부터 삼열 강 선수에게 관심이 있었다. 기회가 된다면 양키스는 삼열 강 선수에게 가장 좋은 조건을 제시하겠다."

반대로 컵스 구단은 발칵 뒤집어졌다. 이제 2년 차밖에 안 되는 선수가 이렇게 자신의 이적에 관한 언급을 하니 강경히 대응해야 한다는 말이 나왔지만, 얼마 지나지 않아 그런 이야기는 쏙 들어갔다.

역시나 삼열이 한마디 했기 때문이다.

"컵스 구단이 뭐요? 23승을 한 투수에게 48만 달러만 주고 보너스 한 푼 주지도 않았는데 그게 정상이라고 보세요?"

그리고 올해에는 삼열이 분명 마틴 스트라우스의 연봉보다 많아야 한다고 조건을 제시했지만, 컵스 구단은 사이드 옵션만 마틴 스트라우스의 그것과 비슷하게 책정했다. 어떻게 보면 삼열의 의견을 묵살한 것이었다.

마틴 스트라우스는 드래프트를 통해 4년 1,510만 달러의 계약을 했으므로 한 해에 377만 달러의 연봉과 750만 달러의 사이드 옵션을 받았다.

이에 비해 트레이드로 컵스에 오게 된 삼열은 연봉 조정 신청 자격도 없는지라 작년에 사이영상을 받았지만 별도의 보너스조차 없었다.

한마디로 어이없는 결과였다. 컵스 구단은 올해 작년의 성적을 연봉과 사이드 옵션에 반영한다고 했지만 모든 면에서 부족했다.

삼열이 노골적으로 돈을 많이 밝히는 것은 이미 팬들도 알고 있는 사실이다. 기회가 있을 때마다 파워 업을 외치며 티셔츠를 팔아먹는 삼열의 속셈을 모르는 것은 아니었다.

하지만 그런 그의 행동을 팬들은 웃으며 받아들였다.

누구에게 피해를 주는 것도 아니고 가끔 티셔츠를 판 돈으로 선행도 하기 때문이었다. 게다가 삼열이 아이들에게 떡밥을 많이 뿌려둔 뒤라 구단과 그가 맞서면 불리한 것은 구단이었다.

존스타인은 머리를 두 손으로 감싸며 한숨을 내쉬었다. 도저히 예측이 안 되는 선수였다.

악동이라 하면 인기가 없어야 정상인데 삼열은 컵스에서 가장 인기가 많은 선수였다. 게다가 감독의 말도 제법 잘 듣는 편이다.

그런데 아주 가끔 어디로 튈 줄 모르는 럭비공처럼 구단을 괴롭혔다. 이번에도 FA가 되면 이적할 거라는 말에 구단의 게시판은 마비되었다.

도대체 구단이 팀의 에이스를 얼마나 실망감을 주었으면 이러느냐 하는 말이 나왔다.

물론 삼열을 비난하는 의견이 없었던 것은 아니나 리빌딩을 하는 구단의 입장에서 삼열은 반드시 필요했다. 그래서 유망주를 두 명이나 주고 트레이드해 온 것 아닌가.

"자존심 때문인가?"

물론 구체적으로 마틴 스트라우스보다 삼열의 성적이 더 낫다. 그냥 나은 정도가 아니라 아주 월등히 뛰어나다. 그런데 연봉은 적게 받는 것이 문제였다. 이렇게 가다가는 연봉 조정 신청 자격을 취득하면 구단이 크게 당할 것은 불을 보듯 뻔했다.

'아직은 그렇게 뛰어난 성적을 거두지 않아도 되는데……'

컵스가 아직 월드 시리즈에 도전하기에는 시간이 더 필요했다. 그런데 컵스의 리빌딩이 완성되면 삼열의 연봉 조정 신청 자격도 갖춰지게 된다.

그동안 거둔 뛰어난 성적으로 인해 메이저리그 사무국이 삼열의 손을 들어줄 확률이 높았다.

그리고 그것을 떠나 팀에는 언제나 스타가 필요했다. 삼열은 스타의 자격이 충분할 뿐만 아니라 차고도 넘쳤다. 컵스의 역사상 이렇게 팬들의 사랑을 많이 받는 선수는 없을 정도라고 해도 무방했다.

그렉 매덕스, 새미 소사, 어니 뱅크스, 빌리 윌리엄스 못지않은 사랑을 삼열은 팬들로부터 받았다. 컵스로서는 삼열이 오랜만에 나타난 슈퍼스타인 셈이었다.

"앞으로는 좀 더 신경 써서 관리해야겠군."

존스타인은 소파에 앉아 나직하게 중얼거렸다. 확실히 삼열이 컵스에 온 다음부터 관중이 늘었다. 게다가 컵스의 티셔츠도 많이 팔리고 있었다. 삼열이 따로 파워 업 티셔츠를 팔고 있음에도 불구하고 그의 62번 티셔츠가 가장 많이 팔렸다.

"그는 그냥 악동이 아냐. 가만히 넋 놓고 있으면 예일대를 나온 나도 당할 거야."

존스타인은 삼열이 언론을 통해 자신의 의견을 불쑥불쑥 밝히는 것에 일련의 패턴이 있음을 알아냈다.

악동의 이미지로 거리낌 없이 말을 하지만 팬을 절대로 적으로 돌리지 않는 화술, 자신이 피해자라는 인식을 팬들에게 쉽게 각인시키는 처세술, 그리고 재미있으면서도 착하다는 이미지 창출을 통해 팬들을 순식간에 자신의 편으로 만들어 버린다.

존스타인은 커피를 마시며 피식 웃었다. 다시 생각하니 재미가 있다. 문뜩 선수 중 이렇게 자신을 멋지게 상품으로 포장한 이가 없음을 깨달은 것이다.

*　　　*　　　*

삼열은 흩어지는 구름을 보며 마리아의 무릎에 머리를 대고 중얼거렸다. 얼마 전 한국 방송국에서 '메이저리그를 가다'라는 프로그램을 찍는다며 협조를 부탁한다는 전화가 왔다.

망설이고 있는데 예전에 같이 CF를 찍었던 파란오렌지의 이주현으로부터 응원가가 완성되었고 이번에 KBC가 만드는 프로그램에도 참가하게 되었다는 말을 듣고 취재를 승낙하고 말았다.

'역시 공짜는 없는 거야.'

KBC의 취재를 허락하고 나서 마리아에게 말을 했더니 혼나고 말았다. 왜 자기에게 미리 말을 하지 않았느냐고 말이다.

삼열은 억울했다. 이제까지와 동일하게 말했는데, 아마도 인기 있는 여가수가 같이 온다는 말에 질투가 살짝 난 듯했다.

마리아는 인터넷으로 방송된 스마트폰 광고를 보고 은근히 신경을 썼었다. 그녀는 임신해서인지 평소보다 많이 예민해져 있었다.

"여보."

"왜요?"

삼열의 말에 마리아가 다정하게 대답했다. 삼열은 다정한 마리아의 말을 듣고 안심하며 점심을 밖에 나가서 먹자고 했다.

"왜요? 집이 편하지 않아요?"

"그렇기는 하지만 당신이 피곤하잖아."

"그럴까요? 그런데 움직이기 귀찮은데……."

"여보, 그건 아니야. 아기를 가졌으니 운동을 많이 해야 해."

"나 많이 해요."

"아니, 아니야. 음식 하는 거 힘들어. 그리고 조금 걷는 것도 아기에게 좋고."

"그럼 그럴까요?"

아기에게 좋다고 하니 마리아도 마음이 흔들리는 듯했다. 그러자 삼열은 밀어붙였다.

말 그대로 마리아가 매일 음식을 하는 것이 안쓰럽기도 했지만 가끔 외식도 하고 싶었다.

마리아의 음식 솜씨는 좋았지만 임신을 하고서는 메뉴가 단조로워진 면도 있었다. 그렇다고 그것을 대놓고 표현할 수는 없다. 마리아가 얼마나 자신을 위해 정성껏 음식을 준비하는지 너무나 잘 알고 있었기 때문이다.

삼열이 외출 준비를 하자 마리아도 마지못해 따라 나섰다. 그러면서 한마디 했다.

"여보, 맛없으면 안 돼요."

"그, 그럼. 하하."

마리아도 삼열을 보며 웃었다. 오랜만에 같이 하는 외출이라 삼열은 기분이 좋았다.

인터뷰 후 2경기 연속 승리 투수가 되어서 4승 무패의 투수가 되었다. 당연히 메이저리그 다승 1위다. 방어율도 1위라 명실상부 메이저리그 최고의 투수라 할 만했다.

삼열은 작년보다 더 좋아진 성적에 기분이 아주 좋았다. 그동안 해온 엄청난 노력이 결실을 맺은 것 같아서였다. 묵묵히 씨를 뿌리면 농부는 당연히 풍성한 수확을 얻게 된다. 이것이 인생의 법칙이다.

삼열은 차를 천천히 몰았다. 리글리빌을 빠져나오는데 사거리에서 뒤따라오던 차와 작은 접촉 사고가 일어났다. 과속은 아니었지만 마리아가 충격을 받았는지 배가 아프다며 쓰러졌다.

삼열은 상대방에게 명함을 주고 급히 차를 몰았다.

병원에 도착하여 진찰을 받고 진정제를 맞자 마리아는 잠이 들었다.

"하아."

삼열은 나직하게 한숨을 내쉬었다. 일단 마리아의 몸상태가 안정되었지만 자세한 것은 정밀 진단을 해보아야 안다는 의사의 말이 있었다.

"아, 괜히 외식하자고 해서."

삼열은 자신의 머리를 쥐어뜯었다. 만약 마리아와 아기에게 이상이 생긴다면 죄책감에서 벗어나지 못할 것 같았다. 삼열은 의사가 괜찮다고 해도 최종 검사 결과가 나오지 않아 몹시도 불안했다.

삼열은 전화기를 꺼내 한숨을 쉬며 번호를 눌렀다.

―여보세요.

"장모님, 저 삼열입니다."

―아, 자네 그동안 잘 지냈나?

"네. 그런데… 마리아가 지금 입원했습니다."

—내 딸 마리아가? 그래, 뭐가 어떻게 잘못된 건가?

"시내에 점심을 먹으러 가다가 가벼운 접촉 사고가 났습니다. 큰 사고는 아니지만 마리아가 몹시 놀란 것 같아요. 의사는 괜찮다고 하는데 어떻게 될지는 모르겠습니다."

—아, 기다리게. 금방 갈 테니.

"네, 장모님."

삼열은 핸드폰에서 나는 기계음을 멍하니 들으며 덜컹거리는 심장을 부여잡았다.

'아, 마리아. 무사해야 해.'

삼열은 마음이 초조해지는 것을 느끼며 흘러내리는 눈물을 손으로 닦았다. 창백한 얼굴의 마리아를 보며 일이 잘못되는 것이 아닌가 하는 생각을 지울 수가 없었다.

"별 이상은 없을 것입니다."

마침 들어온 담당의가 초조해하는 삼열에게 말했다. 그러나 의사가 아무리 말해도 삼열은 진정할 수 없었다. 그때 사라 멜로라인이 병실로 들어왔다.

"장모님."

"아, 마리아는?"

말을 하면서도 사라는 딸에게서 눈을 떼지 못했다.

"담당의 제프 이드로입니다."

"만나서 빈가워요. 어떤가요?"

"특별한 외상 징후는 보이지 않습니다. 갑작스러운 충돌로 많이 놀란 것 같습니다. 출혈도 없고 아기도 일단 무사해 보입니다."

"그런데 내 사위는 왜 저렇게 떨고 있는 거죠?"

"그거야 저도 모르죠. 아무리 괜찮다고 말씀을 드려도 저러고 있는데 어쩝니까?"

이드로는 어깨를 으쓱하며 말했다. 사라는 잠든 딸의 얼굴을 조심스럽게 어루만졌다.

"사위, 자네 아내는 괜찮을 거네. 마리아는 강한 아이이니 안심하게. 아마도 첫 아이를 가졌기 때문에 당황했는가 본데 별것 아닐걸세."

"그, 그럴까요?"

"의사 말은 안 믿고 내 말은 믿나?"

"……."

사라는 잠들어 있는 딸을 보며 부드럽게 웃었다. '그래, 내 딸아. 결혼은 참 잘한 것 같구나' 하는 듯한 표정이었다. 사라는 세 아이를 낳아본 경험자로서 딸의 몸에 별 이상이 없을 것으로 확신했다.

임산부가 잘못되면 금방 파악이 된다. 의사가 괜찮다고 말하면 정말 괜찮을 가능성이 높다. 문제는 교통사고라 징후가 꽤 오래 갈 수도 있다는 점이지만.

한참 후에야 마리아가 깨어났다. 그녀가 몽롱한 시선으로 주위를 돌아보자 삼열은 기뻐서 소리를 질렀다.

"여보, 괜찮아?"

"아, 여보. 난 괜찮아요. 어떻게 된 거죠?"

"가벼운 접촉 사고가 났는데 당신이 배가 아프다고 해서 병원으로 왔어."

"아, 그랬군요. 난 괜찮아요."

마리아는 눈을 돌려 주위를 보다가 사라를 보고 깜짝 놀랐다.

"엄마, 여긴 웬일이세요?"

"어떻게 오긴, 네 남편이 전화했으니까 왔지. 내 딸 마리아, 괜찮니?"

"네, 전 아무 이상 없어요."

"거보게. 내 딸은 아무 이상 없을 거라고 했잖은가."

"하하하, 그럼요. 저도 마리아가 괜찮을 줄 알았습니다."

사라는 불과 몇 분 전까지는 초조해서 어찌할 바를 모르던 사위가 딸의 건강을 확인하고는 이렇게 뻔뻔하게 달라진 모습을 보이자 어이없다는 표정을 지었다.

하긴, 뭘 더 바라겠는가. 자신의 사위는 연일 매스컴에 나와 이슈를 만드는 메이저리그의 악동인데. 이 정도야 이상한 것도 아니었다.

지난 추수감사절 기간에 2주가량을 같이 지내서인지 그녀는 이 말썽꾸러기 사위가 좋아졌다. 게다가 자신의 딸이라면 벌벌 떨며 끔찍하게 위하는 사위가 싫은 장모는 없는 법이다.

시간이 지나면서 병실의 분위기가 화기애애해졌다. 담당의가 들어와 마리아의 몸에 이상이 없음을 확인시켜 주었기 때문이다.

"그것 봐. 아무 이상이 없다니까."

"네, 장모님. 저도 그렇게 될 줄 믿었습니다."

"호호."

마리아는 삼열의 모습을 보고 수줍게 웃었다. 그녀가 행복할 때 짓는 미소였다. 새삼 자신이 남편에게 사랑을 많이 받고 있다는 것을 깨달았다.

사람이 산다는 것에 무슨 특별한 것은 없다. 다들 평범한 일상에 비슷한 일들이 일어난다. 그런데도 누구는 행복하고 누구는 불행하다. 그 이유는 각자의 마음속에 담긴 행복을 꺼내지 못하기 때문이다.

이 행복은 웃으면 나오고 칭찬하면 커진다. 그리고 신뢰를 하면 더 단단해진다.

마리아는 엄마와 남편을 보며 희미한 미소를 지었다. 세상의 좋은 조건을 가진 남자를 마다하고 이 동양 남자를 선택한 이유가 여기에 있었다.

명문가 출신의 남자는 이렇게 엄마와 한자리에서 다정하게 웃고 마음을 나누며 이야기를 하지 않으리라는 것을 그녀는 너무나 잘 알고 있었다.

조건을 보고 결혼하면 그 사람의 마음이 따라오지 않으며, 마음이 진실하지도 않아 행복해질 수 없다는 것을 너무나 잘 알고 있었다.

창을 통해 투명한 햇살이 눈부시게 아름답게 비쳐왔다. 세상은 이렇게 아름다운데 사람들이 행복하지 못하다는 것이 신기했다.

마리아는 자신의 몸에 이상이 없다는 사실에 안도했다. 이 아이는 삼열에게 첫 번째 가족이 될 것이기 때문에 그녀에게 있어서도 너무나 소중한 아이였다.

"마리아, 아빠에게 말을 하지 않고 와서 오늘은 돌아가야겠구나. 다음에 올 때는 아빠와 함께 오도록 하마."

"네, 엄마."

사라를 바래다주러 공항으로 가는 차 안에서 삼열은 내내 농담하며 장모에게 귀여운 짓을 했다. 원래 말을 잘하는 삼열 덕에 사라는 가는 내내 웃었다.

창밖이 조금씩 어두워지고 있었다. 마리아는 공항에서 돌아온 삼열의 품에 안긴 채 침대에 누워 있었다.

"여보, 미안해."

"응? 뭐가요?"

"당신은 싫다고 했는데 내가 우겨서 이렇게 되었잖아."

"무슨 말을 그렇게 해요. 아참, 당신 식사는 했어요?"

"……."

"…휴우, 근사한 식사가 날아갔군요."

"그래도 난 괜찮아."

"아니요, 당신은 식사해야죠. 점심도 안 먹었을 텐데."

"굶는 건 자신 있어."

"안 돼요, 운동선수가. 몸 상해요. 음, 그럼 내가 움직일 수 없으니 방으로 식사를 시켜요."

"그럼 그럴까?"

삼열은 저녁 식사가 가능하냐고 병원에 물어봤다. 특급 병실에 입원한 환자여서 그런지 간단한 도시락은 가능하다고 말했다. 스테이크도 포장해 주는 곳이 있는데 거리가 멀어 오는 동안 식을 것이라며 내일 아침에는 원하는 식사를 미리 주문하면 호텔식의 식사도 가능하다고 말했다.

말은 괜찮다고 했지만 삼열은 너무 놀란 나머지 점심을 굶어도 배고픈 줄을 몰랐다. 하지만 마리아가 식사 이야기를 한 이후로는 너무나 허기가 졌다.

도시락이 도착한 후에 그는 거의 씹지도 않고 삼키다시피 하였다.

그런 모습을 보며 마리아가 조용히 웃었다.

다음 날이면 마리아가 퇴원할 줄 알았는데 병원 측의 퇴원 허가가 늦어지고 있었다.

'뭐지?'

삼열은 다시 불안해지기 시작했다. 아무 이상이 없는데 이렇게 퇴원이 늦어지는 것이 이상했다. 오후가 되어서야 담당의가 와서 마리아의 상태를 설명했다.

"걱정하셨죠? 하하, 조금 문제가 생겼습니다. 큰일은 아닌데 아무래도 알고 계시는 것이 좋을 것 같습니다."

"무, 무슨 일이죠?"

삼열이 겁먹은 얼굴로 의사의 얼굴을 바라보았다.

"환자의 자궁에 작은 물혹이 있습니다. 음성 반응이 나와 일단 암은 아니니 안심하시기 바랍니다. 그러나 자주 검사를 받으시고 스트레스를 받으면 절대 안 되며 몸을 피곤하게 하셔도 안 됩니다. 당분간 집에서 움직이지 않는 것이 좋습니다."

의사의 말에 삼열의 얼굴이 심각해졌다가 다시 펴졌다. 그는 안도의 한숨을 내쉬었다.

아파본 사람만이 병든 사람의 마음을 아는 법이다. 혹시라도 아기를 가진 마리아가 암에라도 걸렸다면? 그런 생각을 하는 것만으로도 끔찍했다.

"이번 사고가 오히려 복입니다. 일찍 상태를 알게 되었으니까요. 그리고 임신 상태에서 아기가 성장하면서 물혹이 같이 커질 수도 있으니 자주 검사를 해야 합니다. 아시겠습니까?"

"네, 물론이죠. 의사 선생님!"

삼열이 너무나 큰 목소리로 대답해서인지 의사가 깜짝 놀라 뒤로 한 걸음 물러났다. 의사가 나간 뒤 삼열은 마리아를 붙잡고 얼굴을 비비며 안고 있다가 조심스럽게 말했다.

"그래도 다행이야."

"네, 여보."

마리아와 삼열은 서로 마주 보며 웃었다.

*　　　*　　　*

퇴원한 후 삼열은 마리아를 아기 다루듯이 했다. 마리아는 아무것도 하지 못하고 집에서 먹고 자고를 반복했다.

"여보, 뭐 먹고 싶은 거 없어?"

"많아요."

"많아? 말해 봐. 내가 모두 사다 줄게."

"여보."

마리아가 삼열을 바라보며 진지하게 이야기했다.

"이제까지 당신이 하라는 대로 했어요. 그런데 나 아기 아니에요."

"물, 물론이지."

"맛있는 것 먹고 싶어요. 하지만 사람은 먹는 것만으로는 만족하지 못해요. 그리고 이 아이는 당신의 아이이기도 하지만 내 아이이기도 해요. 맞죠?"

"그럼."

삼열은 마리아의 말에 순순히 고개를 끄덕였다. 마리아가 이렇게 목소리를 낮추고 하는 말은 어지간하면 들어줘야 한다는 것을 그는 경험상 알고 있었다.

"그러니까 당신이 내게 이러지 않아도 돼요. 먹고 싶은 것이 있으면 내가 해먹거나 사 먹으면 돼요. 당신은 메이저리그 최고의 투수예요. 당신에게는 내게 이럴 시간이 별로 없잖아요. 당신을 기다리는 많은 팬이 있고 당신이 도와야 할 어린 아이들도 있어요. 그리고 당신의 파워 업에 용기를 받고 병과 싸워야 하는 아이들도 많아요. 당신이 좋아했던 마리아나라는 소녀처럼 말이에요."

삼열은 마리아의 말이 섭섭했지만 모두 맞는 말이었다. 요즘 들어 삼열이 완투하는 경기가 줄어들었다.

그가 완투를 적게 하자 중간 계투진이 힘들어했다.

적어도 작년에는 거의 매 경기 완투를 했던 삼열이었다. 그런데 그러지 않자 계투진의 체력이 서서히 달리고 있었던 것이다.

삼열은 할 수 없이 예전처럼 훈련했고 마리아는 스스로 먹을 요리를 했다. 가끔 외출해서 필요한 것들도 샀다.

일상은 다시 평범하게 흘러가기 시작했다. 삼열은 경기에 나가 공을 던져 승리하거나 또 지기도 했다. 삼열이 원정경기에 나갈 때는 사라가 딸의 건강을 살피러 와주었다.

아이가 태어난다는 것은 생각처럼 쉽지 않은 일이다. 새로운 가족을 맞이하는 과정은 모두에게 희생을 요구한다. 하지만 그 역시 행복한 희생이다. 부모가 된다는 것은 생각만으로 되는 것이 아니니까.

이것은 누구보다 먼저 마리아가 깊이 깨달았다.

점점 무거워지는 몸과 감정의 기복이 심해져 평소보다 예민하게 반응하는 자신의 모습에 그녀 스스로도 놀랄 정도였다. 태어날 아이에 대한 관심과 배려는 시간이 지남에 따라 집착에 가까울 정도로 변해갔다.

그것은 모성애였다.

가끔 남편보다 아기가 더 소중하다는 생각이 들 때가 가장 힘들었다. 아기는 하나님이 주신 선물이었다. 귀하게 사랑으로 키워야 하지만 남편보다 우선할 수는 없다.

게다가 아기가 순탄하게 자라는 것이 아니라 자궁 속의 혹도 같이 자라 그녀를 힘들게 했다.

다행스럽게도 단순한 물혹에 지나지 않았지만, 그것이 옆에서 아기를 괴롭혔다. 그러면 마리아도 신경이 예민해졌다.

시간이 흘러 점점 아시안 게임 날짜가 다가왔다. 삼열은 마리아의 상태를 생각해 출전을 거절하려고 했지만 약속은 지켜야 한다고 그녀가 말렸다.

그래서 삼열은 출전하기는 하지만 숙소는 따로 쓰기로 했다. 마리아가 이 기간에 남편과 떨어져 있는 것을 불안해했기 때문이다.

예상외로 컵스가 삼열의 아시안 게임 출전을 쉽게 허락해 줘 조별 리그 두 번째 경기부터 참가할 수 있게 되었다.

그는 막상 처음으로 국가대표가 되어 경기에 참가하려니 마음이 두근거렸다.

미련은 없다고 생각했었는데 조국이라는 것이, 아버지와 어머니의 나라이고 자신이 태어난 고향이라는 것이 이렇게 사람의 마음을 자극할 줄은 몰랐다.

아시안 게임에 참여하겠다고 한 이유는 병역 문제를 정당한 방법으로 깔끔하게 마무리 짓고 싶어서이기도 했지만 왠지 한번 해보고 싶었기 때문이었다. 그것은 심술 같은 것임과 동시에 그의 꿈이기도 했다.

한국에서의 야구부 시절이 너무나 빠르게 끝난 아쉬움도 한몫했다. 대광고 시절 선수들과 함께 TV를 통해 국가대표로 뛰는 선배들을 한없이 부러운 눈으로 바라보던 것이 생각나기도 했다.

현실적으로 국가대표가 되는 것은 메이저리거가 되는 것보다 쉽지만, 메이저리거도 가질 수 없는 자부심이 있다. 국가를 대표로 한다는 것이 말이다.

자신의 욕심 때문에 아시안 게임에 출전하겠다고 결심한 삼열은 막상 배가 부른 아내가 자신과 떨어질 수 없다며 따라오니 괜히 미안해지기만 했다. 그런 마음을 알아차렸는지 마리아가 삼열을 격려했다.

"국가를 대표해 경기를 뛰는 것은 무척 존경스러운 일이에요. 난 당신이 이번 아시안 게임에 나간다고 해서 굉장히 존경스러웠어요. 여보, 멋져요."

마리아의 다정한 목소리에 삼열은 어쩔 수 없이 일을 진행시켰다. 이때까지 삼열의 메이저리그 성적은 24승 3패, 평균자책점은 1.1이었다.

컵스의 성적은 리그 2위로, 1위 신시내티 레즈와의 경기 차는 6경기였고 작년과 마찬가지로 후반기가 되면서 성적이 점점 떨어지고 있어서 도저히 1위를 따라잡을 수 없는 상황이었다.

그러니 구단은 삼열이 빠진 기간 동안 유망주를 마이너리그에서 올려 메이저리그의 경험을 쌓게 하는 것이 이익이라고 생각했는지도 모른다.

*　　*　　*

2014년 인천 아시안 게임이 마침내 시작되었다. 삼열은 장인어른이 내준 전용기를 타고 인천 공항에 도착했다. 공항에는 수많은 기자가 삼열을 기다리고 있었다.

"여보, 어떻게 해요?"

마리아가 자신의 배부른 모습을 기자들에게 보이고 싶지 않은지 걱정스러운 표정으로 말했다.

"당신을 취재하고 싶어 하지는 않을 테니까 안심해. 내가 먼저 나가서 기자들을 돌려보낼게."

삼열은 마리아를 안심시키고 먼저 공항의 출입구로 나갔다. 삼열이 나오자 수많은 카메라의 셔터가 터졌다. 삼열은 기자들 앞에 섰다. 그리고 크게 소리쳤다.

"소송당하고 싶은 기자님, 손들어 주세요."

"……?"

"……?"

어리둥절해하는 기자들이 삼열을 바라보았다. 삼열이 한 말의 진위를 파악하기 위해서인 것 같았다.

"사생활 취재는 불가합니다. 신문에 싣는 족족 고소할 것입니다. 제 사생활이라고 해봐야 별거 없습니다. 아내와 장모님이 같이 오셨고 이분들은 한국의 정서를 잘 모르십니다. 다만 오늘 왔으니 호텔에서 쉬다가 저녁 시간에 인터뷰하겠습니다. 뭐, 제게 궁금해하시는 것이 있을지는 모르지만 그때 물어보세요. 쉐라톤 인천 호텔에 묵을 겁니다. 취재하지 마세요. 저녁 먹고 여덟 시쯤 봅시다. 이제 가세요."

몇몇 기자들은 갔지만 대부분은 여전히 카메라를 들고 서 있었다.

'하여튼 이자들은 안 돼.'

삼열은 한숨을 내쉬며 입을 열었다.

"지금 안 가면 욕하겠습니다. 그래도 안 가면 그대로 미국으로 돌아갈 겁니다. 그리고 대한 야구 협회에 기자들 때문이었다고 분명히 말할 것이며 이 사실을 미국의 신문과 한국의 인터넷에 올릴 겁니다. 그러니 제발 그냥 가세요."

그러자 대부분의 기자가 떠나갔다. 그래도 몇몇 남은 기자들의 카메라를 삼열이 움켜쥐었다.

"아니, 이러시면 안 됩니다."

"왜 안 돼? 내가 꺼지라고 그렇게 이야기를 했는데. 인터뷰를 안 한다는 것도 아니고 한다고 말씀드렸는데 안 가시는 이유가 뭡니까?"

세 명의 기자들이 삼열에게 카메라를 빼앗긴 채 인기가 있으면 다냐는 말을 하며 화를 냈다.

"×× 일보, ×× 방송국의 사장단에 제 변호사가 정식으로 항의할 것입니다. 저 돈 많아요, 적어도 당신들보다는. 그러니 그냥 가세요. 남자가 남의 사생활이나 쪼잔하게 취재하려고 그러십니까? 다른 때도 아니고 국가적인 경기가 벌어지는 이 순간에 이러고 싶습니까?"

삼열의 협박에 기자들은 잠시 그를 노려보더니 갔다. 그 모습을 보며 마음이 좋지 않았다.

'하여튼 상식을 모르는 삐리리들.'

아직도 세상에는 작은 권력을 가지고 왕이라도 된 듯 온갖 진상을 부리는 사람들이 많다. 삼열은 한국 땅을 밟자마자 짜증이 몰려왔다. 하지만 거부할 수는 없었다. 이곳은 고향이고 고국이니까.

'곧 행복해질 거야.'

삼열은 속으로 주문을 외듯 중얼거렸다.

그래도 어쨌든 문제가 해결된 줄 알았다. 그러나 공항 정사를 나오니 수많은 사람이 기다리고 있었다. 삼열은 500명도 넘어 보이는 사람들을 보고 깜짝 놀랐다.

"헐."

삼열은 너무 놀라 뒤로 돌아 나왔다.

그 짧은 순간에 그의 얼굴을 본 사람이 있는지 함성이 들려왔지만 나갈 수가 없었다. 임신한 아내와 장모님을 모시고 그 앞을 지나갈 엄두가 나지 않았다.

마침 그때 공항 관계자가 다가와 사람들의 눈에 잘 띄지 않는 출구로 안내해 줬다. 처음부터 이랬으면 기자들하고도 얼굴을 붉히지 않았을 것이다.

'그런데 어떻게 팬들이랑 기자들이 내가 오는 걸 알았을까?'

생각해 보니 의아했다. 이렇게 많은 사람이 무작정 기다리고 있었다고 생각하는 것은 어폐가 있다. 어디선가 정보가 새지 않았으면 이런 일은 애초에 벌어지지 않았을 것이다.

연예인도 아닌데 이게 무슨 난리인가 싶어 삼열은 짜증이 났다.

하지만 마리아는 삼열에게 차분하게 말했다. 한국 팬들에게 나가서 인사를 하고 오라고. 그래도 많은 시간을 기다려 준 고마운 사람들이며 좋은 감정을 가진 사람들을 실망시키면 안 된다고 하면서 말이다.

삼열은 마리아의 말을 듣고 다시 밖으로 나와 기다리는 팬들에게 인사를 하고는 아내가 지금 임신을 해서 다른 곳으로 가야 할 것 같다고 양해를 구했다.

그러자 팬들은 생각 외로 선선하게 박수를 쳐주며 그를 보내주었다. 생각보다 한국의 팬 문화는 좋구나 하는 생각이 들었다.

아무튼 삼열이 연예인이 아니라 사생팬이 없어서인지, 아니면 임신한 여자에 관대한 한국 문화 때문인지는 몰라도 삼열은 어렵지 않게 쉐라톤 인천 호텔로 올 수 있었다.

쉐라톤 인천 호텔의 스위트룸은 마리아가 미리 몇 달 전에 예약해서 얻는 데 어려움은 없었다. 특히 특실을 세 개나 빌렸기에 호텔 측으로서도 삼열 일행에 각별하게 신경을 썼다.

삼열과 마리아의 방은 가족들이 묵기 좋게 거실은 공유되지만 방들은 분리되어 있었다. 삼열은 룸의 구조가 마음에 들었다. 아무래도 장모님이 어려웠기 때문이다.

삼열은 호텔에서 쉬다가 저녁에 짧게 기자 간담회를 했다. 기자들이 원하는 정보들을 아주 짧게 설명했기에 40여 분 만에 끝났다.

이번 2014년 인천 아시안 게임은 참가하는 야구 선수들에게 병역 특례를 주는, 아주 좋은 기회였다. 한국을 제외하고 다른 나라의 참가 팀들은 대부분 실업 팀 정도의 수준이었다.

일본 프로야구(NPB)는 리그가 끝나지 않았다. 반면 한국 프로야구(KBO)는 자국에서 치러지는 경기라 일정을 평소보다 조금 앞당겼기에 일주일 전에 이미 리그가 끝났다. 따라서 한국 팀의 메달 획득은 거의 확실시되었다.

그런데도 대한 야구 협회가 삼열에게 대회 참석을 부탁한 것은 흥행 카드로서 이보다 더 좋을 수는 없기 때문이다. 삼열보다 유명한 야구 선수는 한국에 없다.

한국 야구가 아시안 게임에서 우승하기란 축구나 농구와 비교하면 확실히 쉬웠다. 게다가 2014년 이후에는 아시안 게임에서 퇴출될 가능성이 매우 높았다. 아시아에서 야구가 인기 있는 나라는 일본, 한국, 대만 정도고 일본 팀은 전부터 아시안 게임에 프로 선수들이 거의 참여를 하지 않아 그 의미가 퇴색하였다.

2006년 WBC 4강에 들면 병역 특례를 주었던 것이 2008년에는 없어졌다. 따라서 야구로 병역 특례를 받으려면 올해가 마지막이었다.

그래서 대한 야구 협회는 다급했다. 이번 기회에 병역 문제가 해결되지 않은 선수들에게 최대한 기회를 주기로 한 것이다.

병역 특례는 올림픽 경기에서 3위 이상의 입상을 하거나 아시안 게임에서 우승을 해야 주어진다.

이 경우 완전한 병역 면제는 아니고 4주간의 기초 군사 훈련을 받은 후 해당 분야에 34개월간 근무를 해야 한다는 조건이 있다.

즉, 이들은 공익 근무 요원으로 편입된 뒤 예술체육요원으로 근무해야 하는 조건부 면제인 셈이다. 야구 선수는 그냥 야구를 하면 된다. 혹 코치로 근무해도 병역 특례 인정을 받는다.

삼열은 오랜만에 한국에 와서 기분이 좋았다. 여러모로 미국이 편하지만 태어난 곳이라 그런지 정서적으로 많이 안정되었다. 삼열은 TV로 아시안 게임 예선 경기들을 시청하였다.

"여보, 한국에 오니 어때요?"

마리아가 삼열의 어깨에 기대어 그의 얼굴을 보며 물었다.

"당신에게 미안해. 괜한 소리를 해서 당신도 그렇고 장모님도 이렇게 멀리 오게 해서."

"호호, 당신은 한국 사람이니 당연하죠. 이번뿐만 아니라 이런 기회가 다시 오면 그때도 이렇게 나라를 위해 일해요. 이런 일도 해야 인생의 추억도 있고 우리 아이들에게 자랑할 것이 생기죠."

"아, 그런가?"

삼열은 자식이라는 말에 금방 기분이 좋아졌다. 마치 바로 눈앞에 아이들이 있어 자랑하는 아빠가 된 느낌이었다.

"몸은 괜찮지?"

"그럼요. 주치의도 따라왔으니 너무 걱정하지 않아도 돼요. 그리고 한국의 의료진도 아주 뛰어나다고 들었어요."

"그렇긴 해요."

"그래서 하는 이야기인데, 보험이 안 되는 아이들의 수술은 한국에서 했으면 해요. 그러면 적어도 몇 명은 더 수술시켜 줄 수 있을걸요."

"어, 그러네요."

삼열은 지난번에 도와준 아이의 수술비가 예상보다 많이 나와서 깜짝 놀랐다. 미국은 사보험을 따로 들어놓지 않으면 병이 들었을 경우 병원비가 많이 나온다. 그래서 한국으로 수술받으러 오는 사람도 생각보다 많다.

삼열은 마리아의 볼록한 배에 귀를 갖다 대었다. 아이의 숨결이 느껴지는 듯해 삼열은 생명의 신비로움을 느끼며 마리아와 함께 웃었다.

아직 아빠가 될 준비가 완벽히 되지는 않았지만, 그럼에도 아빠가 되는 것은 즐거웠다. 삼열은 다정했던 아버지의 모습을 생각하며 자신도 그런 아버지가 되겠다고 여러 번 결심하곤 했다.

한국에서의 밤은 깊어갔지만 뒤바뀐 시차로 인해 잠이 오지 않았다. 밤이 낮처럼 너무나 정신이 또렷하게 유지되었다.

그것은 마리아 역시 마찬가지였다. 그동안 마리아는 남편의 나라에 대해 많이 알아보았지만 직접 와본 것은 이번이 처음이었다. 공항에서 내렸을 때 맑은 하늘과 서늘한 바람이 좋았다.

"장모님은 어때?"

"엄마도 잠이 안 오는지 포도주를 드세요. 엄마에게 고맙고 미안해요."

"우리, 부모님께 잘하자. 난 잘하고 싶어도 그럴 수가 없잖아. 엄마, 아버지께 살아생전에 사랑한다는 말을 못 한 게 가장 가슴에 남아. 그렇게 나를 아껴주시고 사랑해 주신 분들인데 그때는 어려서 그랬는지 그것을 너무 당연하게 여겼었어. 이제는 세상에 당연한 일은 없다는 것을 알았는데, 부모님이 자식을 위해 얼마나 수고를 했는지 이제는 알 수 있게 되었는데… 난 부모님이 계시지 않아."

삼열이 처연한 얼굴로 마리아에게 말했다. 마리아는 그런 그의 손을 잡고 슬픈 표정을 지으며 그저 웃었다.

*　　　*　　　*

삼열은 다음 날 아침 일찍 운동하고 체육 협회에 가서 인사를 했다. 그리고 '드림 야구 팀'에 들러 코칭스태프에게도 인사를 했다.

한화의 김태균이나 추신수, 오릭스의 이대호는 이번 아시안 게임에 빠졌다.

국민 타자 이승엽의 이름 역시 없었다. 이번에는 병역이 면제된 선수들은 가능한 한 넣지 않은 경기라 삼열은 약간 긴장하였다.

대표팀에 합류하여 연습하다 보니 아는 얼굴이 보였다. LG의 송치호였다.

송치호는 올해부터 선발로 뛰면서 12승 5패에 평균 자책점 2.84을 기록했는데, 구단의 전폭적인 지원으로 아시안 게임에 출전할 수 있었다.

150km/h 전후의 공을 던지는 그를 미래의 에이스감이라 생각한 구단이 배려해 준 것이다.

삼열을 보자마자 새까맣게 탄 얼굴의 송치호가 다가와 인사를 했다.

"와아, 형! 정말 오래간만이에요. 그동안 잘 지냈어요?"

삼열은 그런 송치호의 얼굴을 보며 환하게 웃었다.

"그래. 넌 잘 지냈어?"

"네, 형이 메이저리그에서 활약하는 모습을 아주 잘 보고 있었어요."

"그래, 고맙다."

"형, 조금 변한 것 같기도 하네요. 좀 더 부드러워졌다고나 할까. 어쨌든 반가워요."

송치호는 삼열을 살짝 껴안고 기쁨을 표시하였다. 다른 선수들도 다가와 반갑게 인사했다.

선수들에게는 삼열이 약간은 어렵고도 신기했다. 나이로 보면 국가대표팀의 막내에 해당하지만 메이저리거가 주는 압박감과 이미 결혼한 유부남이라는 사실이 그를 함부로 대하지 못하게 했다.

"어서 와. 대표팀의 주장 박이완이야."

"아, 반갑습니다. 제가 선배님 팬입니다."

박이완은 27세로 삼성의 타자였다. 올해 성적은 홈런 24개에 도루 15개, 타율은 0.323으로 압도적인 날들을 보내고 있었다.

작년에도 대단한 활약을 했지만 늦게 주전이 되는 바람에 이전의 국제 경기 경험은 전무했다.

"난 차명식."

"아, 반갑습니다."

삼열은 팀원들과 잠시 이야기를 나눈 뒤 몸을 풀었다. 사무실에서 김성곤 감독에게 인사를 하고 왔지만, 아직 아침이라 많은 사람은 호텔에 있었다.

삼열은 포수와 함께 자신의 구질에 관해 이야기하며 공을 던졌다.

날카롭고 빠른 공이 올 때마다 포수 김명석은 움찔움찔 놀라곤 했다. 국내에서도 150㎞/h의 공을 던지는 투수는 가끔 있지만 삼열처럼 무지막지한 공은 처음 받아보았기 때문이다. 삼열은 아직 시간적 여유가 있기에 느긋하게 마음을 먹고 몸을 풀었다.

어차피 B조에 속하는 한국의 상대는 대만밖에 없었다. 첫 상대인 파키스탄은 아마추어 팀이라 한국의 상대가 될 수 없기에 걱정하지 않았다. 실력 차이가 너무 나서 질 수가 없는 팀이었다.

대만 국가대표팀도 마찬가지였다. 자국 리그의 선수들이 대거 참가했지만 한국이 한 수 위였다.

한국 팀의 유일한 약점은 국제 대회에 처음 참가하는 선수들이 대부분이라는 것이었지만 야신이라 불리는 김성곤 감독이 지도하기에 그것 또한 걱정할 바는 아니었다.

카리스마가 얼마나 대단한지 김성곤 감독이 한 번 째려보면 선수들이 꼼짝을 못 했다.

아무리 요즘 세대의 선수들의 개성이 강하다지만 그것도 통할 사람에게나 통하는 것이었다.

김성곤 감독은 한국 야구사에 획을 그은 분이라 삼열도 잘 알고 있었다.

꼴찌 팀을 맡아 한국 시리즈를 세 번이나 우승시킨 명장이며 데이터에 의존하는 경기를 많이 해서 작전이 많고 빈틈없는 야구를 하였다.

김성곤 감독은 병역 특례를 바라고 나온 경력이 짧은 선수들을 모아 단기간에 강한 팀으로 만들었다.

아시안 게임에서 야구가 없어지면 이제 병역 특례는 완전히 없어지기 때문에 한국 야구 협회에서 이번에 모험을 한 것이다.

그래서 삼열이 아시안 게임에 참가한다고 했을 때 협회 관계자들이 몹시도 좋아했던 것이었고 말이다.

삼열은 이왕 참가했으니 최선을 다하기로 했다. 국가를 위해 뛰는 것이기에 어깨가 무거웠다. 그래서 이번에는 입을 다물고 오로지 공만 던지기로 했다.

삼열은 김명석 포수와 의견을 교환하며 구위를 점검하였다. 김명석은 삼열의 공을 잡을 때마다 놀랐다.

단순히 공이 빨라서가 아니었다.

그의 공이 굉장히 묵직했고 공 끝의 무브먼트가 너무나 널

카로워 조금이라도 집중을 하지 않으면 놓치는 경우가 발생했기 때문이다.

투수와 포수는 최소 2~3일은 호흡을 맞춰봐야 제대로 경기에 임할 수 있다.

포수는 투수가 던지는 공의 특징을 제대로 파악하여 어떤 경우에 무슨 공이 적절한지, 투수가 꺼리는 공이 무엇인지를 먼저 파악해야 한다.

시합에서 벌어질 경우의 수를 생각하면 이는 당연한 일이다. 포수가 투수의 공을 모르면 투수 리드를 제대로 할 수 없기 때문이다.

박찬호가 메이저리그에서 활약할 때 채드 크루터라는 전담 포수가 있었다. 물론 박찬호는 마이크 피아자와도 89경기를 같이 했지만 수비형 포수인 채드 크루터를 더 선호했다.

투수가 특정 포수를 선호하는 이유는 간단하다. 잘 맞기 때문이다.

이는 당연히 포수가 투수의 특성을 제대로 파악하고 있어야 가능한 현상이다. 투수가 던지는 구종, 그날의 컨디션, 심리 상태 등을 모두 알고 있어야 제대로 된 투수 리드가 가능해진다.

그러나 수비형 포수는 운신의 폭이 좁다. 투수는 당연히 좋아하겠지만 공격에서 마이너스가 되니 감독이나 팬들이 좋아하지 않는다.

삼열은 김명석 포수가 수비형 포수가 아님을 공 몇 개 던져보고 알았다. 그것은 말로 설명하기 곤란한, 느낌의 문제였다.

수비형 포수는 공격형 포수보다 더 투수에게 집중하는 경향이 있다. 그리고 그것은 행동으로 은연중에 나타나게 마련이다.

삼열은 그래서 더 많은 시간 그의 미트에 공을 던졌다. 김명석은 현란한 삼열의 공에 완전 매료당했다.

강속구 투수라고 알고 있었는데 삼열이 던지는 공의 종류가 상당히 많았던 것이다.

포심, 투심, 커터, 커브, 서클체인지업 등을 적당히 섞어서 던졌다. 게다가 포심과 투심을 제외하고는 완급 조절이 예술이었다.

'굉장해. 괜히 메이저리그 최고의 투수가 된 것이 아니었군!'

김명석은 어지간한 타자들은 삼열의 공에 손도 대지 못할 것이라고 생각했다. 하긴, 메이저리그의 대단한 타자들도 치지 못하는 공을 실업 팀 수준의 타자들이 맞힌다는 것도 이상하긴 했다.

"자, 명식 선배. 그럼 속도를 조금 더 올려볼게요."

"뭐……? 여기서 더?"

"네, 지금까지 살살 했잖아요."

"하하."

김명석은 그냥 웃었다.

삼열의 공이 바로 날아와 미트를 대고 있는 자리에 그대로 들어와 박혔다. 속도는 몰랐다. 그냥 무지하게 빨랐다.

김명석은 미트를 가져다 대는 곳에 공들이 정확하게 들어오는 것을 보고 너무 놀라 입을 다물지 못했다.

'괴물이다!'

너무 놀란 나머지 손이 아픈 것도 느끼지 못했다.

훈련이 끝나고 나서 미트를 벗어보니 손이 벌겋게 변해 있었다.

부은 것은 아니지만 조금만 더 했으면 곤란하게 되었을 거라는 생각이 들 정도였다.

"오늘은 이만하죠. 아내가 너무 오래 혼자 있으면 불안해할지도 모르거든요."

"그렇게 하지."

김명석도 자리에서 일어났다. 그는 다른 선수들이 공을 받아달라고 말을 해도 듣는 둥 마는 둥 한쪽 구석의 간이 의자에 앉았다.

일단 쉬고 볼 일이었다. 너무 긴장하고 집중을 해서인지 몸이 아우성을 지르고 있었다.

'굉장해.'

그는 거듭 감탄했다.

삼열이 연습을 끝내자 재빨리 송치호가 다가왔다.

"형, 연습 끝났어요?"

"그래, 오늘은 이 정도만 해도 될 것 같아. 리그 중간에 와서 몸을 따로 풀어줄 필요는 없거든."

"형, 굉장해요. 난 형이 메이저리그에서 성공할 줄은 알고 있었지만 이렇게 빨리, 크게 성공할 줄은 몰랐어요."

"연습을 많이 하면 누구나 할 수 있어. 야구를 위해 술, 영화 등을 끊어야지. 물론 여자도. 오직 물과 우유만 먹고 음식도 가려 먹고. 술은 절대 마시면 안 돼. 리그가 끝나도 마찬가지야. 아, 맞다. 예전에 정수영 해설 위원도 술 먹고 문제가 되었었잖아."

"아, 그 선배요. 엄청난 도루 실력과 야구 센스를 가지고 있었는데, 팀이 OB라서 그런지 술을 좋아하셨죠."

"메이저리그의 전설들 중에는 카메라의 플래시도 눈에 안 좋다고 싫어한 사람이 있어. 물론 TV나 영화도 마찬가지고."

"어떻게 그래요. 그럼 무슨 재미로……."

"야구를 더 사랑하면 돼. 너도 결혼하면 알겠지만 세상엔 할 수 있는 게 많아. 아기가 태어나고 사람들을 만나 이야기하고, 그러다 보면 영화와 드라마, 춤과는 자연 멀어지게 되지. 좋아하는 것을 하게 되면 덜 좋아하는 것은 자연히 멀어지게 되어 있어."

"그, 그렇기는 하죠. 그래도 너무 삭막한 인생이 될 것 같은데요."

"그럴 것 같지? 그렇게 될 수도 있지만 재미를 어디서 느끼느냐는 전적으로 자신의 문제지."

"형, 그건 그렇고 형수님은 어떻게 만났어요?"

"그녀는 레드삭스 직원이었어."

"와우, 완전 부럽다."

"뭐가 부러워. 너도 연애하고 좋은 여자 만나서 결혼하면 되지. 예쁜 여자를 만나려고 하지 말고 좋은 여자를 만나려고 해. 그 여자가 예쁘면 좋지만 그렇지 않아도 괜찮아. 예쁜데 매일 마음을 불편하게 하고 신경 쓰이게 하는 여자보다 배려심이 많은 여자가 남자에게 더 좋아."

"그렇긴 하죠. 그래도 예쁜 여자가 좋죠."

"모든 것을 다 갖춘 사람은 별로 없지."

"그럼 형수님도 까칠하세요?"

"아, 마리아는 엄청 많이 노력하는 스타일이야. 어릴 때부터 엄한 교육을 받았고 수많은 고전(古典)을 읽었어. 그리고 아내는 6개국 언어를 할 줄 알아. 지금은 한국어도 배우고 있지."

"와! 대단한데요."

"너에게도 좋은 여자가 올 거야. 네가 준비되면 말이지."

"와우, 기대되는데요."

"너도 이제 프로 선수니까 여자가 많이 붙을 거야. 그런데 질 나쁜 여자의 아름다운 외모에 혹하면 금방 신세 망친다. 알지?"

"네에."

삼열은 오랜만에 만난 송치호를 위해 충고했다. 송치호는 삼열의 말에 나직이 한숨을 내쉬었다.

한창의 나이에 여자를 만나 멋진 연애를 하고 싶지만 그게 뜻대로 되지 않았다. 지금은 주전 자리에 정착하는 게 최우선이었기 때문이다.

"나 간다."

"네, 형. 그럼 살펴가세요."

송치호는 삼열을 지하 주차장까지 바래다주었다. 거리에는 비가 추적추적 내리고 있었다.

와이퍼가 바쁘게 움직였다. 삼열은 차창 밖을 바라보았다.

내리는 빗속을 사람들이 달리듯 걷고 있었다. 우산을 든 사람보다 없는 사람이 더 많은 것을 보니 갑자기 내린 비인 모양이다.

점심을 먹고 좀 쉬다가 다시 연습에 나와야 한다. 호텔에 남아 있는 마리아를 생각하면—물론 혼자가 아니라 장모님과 함께 있겠지만—마음이 편치 않았다.

사람들은 삼열의 루게릭병이 완치된 것에 환호하지만 그는 내심 그것이 불편했다. 끝없는 고통을 감내하여 완치되었지만 신적 존재에 근접한 미카엘의 도움에 의한 반칙이었다. 따라서 삼열의 병은 어떠한 상황에서도 더 악화되지 않고 완치될 상황이었다.

미카엘이 육체의 진보 없는 단순한 완치를 제의하기도 했지만, 삼열은 점진적인 완치를 통해 육체를 개조하는 방법을 선택했다. 그 결과 엄청난 고통을 겪었지만 병은 완전히 나았다.

삼열은 작년에 17개의 한국 기업 광고를 찍어 거의 110억에 가까운 돈을 벌었다.

1년 내내 마운드에서 던져야 버는 돈을 한 달 사이에 번 것이다. 그것도 사이드 옵션이 붙은 올해나 되어야 가능한 연봉이었다.

그는 광고를 앞으로도 이렇게 많이 찍을 수 있을 것이라고는 생각하지 않았었다. 그래서 돈을 벌 수 있을 때 가능한 한 많이 벌고는 싶었다. 번 다음에 어떻게 쓰는가는 그다음 문제였다.

삼열은 컵스에서 주는 연봉에 불만이 많았다. 단지 신인이라는 것과 연봉 협상 거부권이 없다는 이유로 컵스가 자신에게 함부로 하고 있다고 생각하였다.

작년에 다승 부문을 제외하고는 모든 부문에서 1위를 하였는데도 구단의 별다른 배려는 없었다. 달랑 48만 달러가 끝이었다. 그 흔한 보너스조차 없었다.

무엇보다도 마음이 뒤틀리는 것은 컵스가 삼열이 선택한 팀이 아니라는 사실이다.

그것은 자존심 강하고 개성이 강한 그로서는 무척이나 받아들이기 힘들었다.

컵스의 분위기가 좋고, 또 적응을 그런대로 잘해서 불편한 점은 없었지만 딱 그 정도였다. 가깝지도 않고, 그렇다고 멀지도 않은 그 정도. 그래서 대한 야구협회가 자신의 아시안 게임 참가를 구단에 요청했다는 말을 듣고 심술을 부린 것이었다.

마리아가 임신을 그때 하였다면 절대 자원하지 않았을 것이다.

'그래도 오니 좋네. 지긋지긋했던 곳인데. 그녀는 잘 지내고

있으려나?'

좋은 여자고 예쁘니 좋은 남자를 만나 잘 지낼 것으로 생각했다. 인연이 닿지 않았을 뿐 그녀에게 감정은 남아 있지 않다. 아니, 고마운 마음은 있다. 그녀는 자신이 가장 힘들 때 옆에 있어 주었던 사람이다. 그러니 미워할 이유가 없다. 그리고 지금 자신은 아름다운 여자를 아내로 맞이하지 않았는가.

'혹시…….'

삼열은 마리아가 수화를 경계해서 따라온 게 아닐까 생각했다가 설마 그녀가 그렇게까지 할 리는 없을 것으로 생각했다.

끽.

앞의 차가 급정거를 해 삼열도 따라서 급히 브레이크를 밟았다. 마침 뒤에 따라오는 차가 없어서 사고를 간신히 면했다.

쏟아지는 빗속에 여자가 쓰러져 있었다.

사람들이 모였고 여자는 차에 실려 병원으로 갔다. 차에 치었는지는 정확하게 알 수 없었다. 비가 내리는 통에 시야를 방해받아 잘 보지 못했다.

'정말 미래는 알 수 없어.'

사고를 당한 차는 아까 추월하여 끼어들었던 차였다. 그때 삼열이 만약 양보하지 않았다면 자신이 다친 여자를 병원으로 후송해야 했을 것이다. 어쩌면 말이다. 그사이 비는 잦아들고 있었고 호텔이 바로 눈앞에 보였다.

호텔에 도착하여 도어맨에게 차 키를 맡기고 룸으로 올라가려고 로비를 지나는데 느낌이 이상했다. 강한 그 어떤 무엇이 삼열을 끌어당기고 있었다.

'뭐지?'

이상한 느낌에 주변을 둘러보니 호텔 로비에 과거의 여자 수화가 있었다. 삼열은 그녀를 보고 벼락을 맞은 것처럼 놀랐다. 가슴이 쿵쾅거리며 매섭게 뛰었다.

그녀는 여전히 아름다웠다. 약간은 창백해 보였지만 멀리서도 한눈에 알아볼 정도로 아름다웠다. 수화는 조금은 나이가 든 남자와 같이 이야기를 하고 있었는데 삼열을 발견하지는 못했다.

삼열은 로비에서 망연히 그녀를 바라보다가 핸드폰이 진동하는 것을 느끼고 주머니에서 꺼내 들었다. 핸드폰을 통해 마리아의 목소리가 흘러나왔다.

—여보, 언제 와요?

"응, 지금 호텔에 도착했어."

—아, 그럼 엄마와 함께 내려갈까요?

"아니, 그냥 거기 있어. 내가 빨리 올라갈게."

삼열은 핸드폰을 끊고 엘리베이터를 탔다. 층수를 나타내는 번호가 바뀔 때마다 그의 머릿속에서는 무수한 생각이 떠오르다가 사라졌다. 그는 아름답고 좋았던 추억을 흘려보내며 지금은 임신한 아내를 생각해야 할 유부남이라고 스스로에게 말했다.

'한국에 오면 그녀를 만날 수 있을 것이라고는 전혀 생각을 못했었구나.'

무엇 때문에 그녀가 이 호텔에 왔는지 알 수는 없지만 이제는 그 이유를 알아서도 안 되는 사이가 되었다. 그녀는 떠났고, 그녀의 길을 갔다. 소중했던 과거와 소중한 현실은 전혀 다른 이야기다.

삼열은 과거의 추억에 얽힌 낭만과 로맨스에 자신을 던질 생각은 단 1%도 없었다. 지금의 행복에 만족감을 느끼고 있으니까. 하지만 왜인지 입안이 몹시도 썼다.

삼열은 호텔 방에 들어가 마리아를 힘껏 안았다. 장모인 사라가 옆에 있었지만 개의치 않고 이마와 뺨에 키스했다. 창밖에는 어느새 비가 완전히 그쳤다. 푸른 나무들이 더없이 싱그러웠다.

삼열이 포옹을 풀자 마리아가 그를 유심히 보았다. 뭔가 있는데 물을까 말까 하는 그런 표정이었다.

"올 때 내 앞차가 사고가 났었어. 다친 사람은 젊은 여자인 것 같았어."

"아."

마리아가 고개를 끄덕였다. 삼열은 로비에서 수화를 보았다는 사실은 차마 말할 수 없었다. 이제는 그냥 스치듯 보았던 과거의 시간일 뿐이었다.

"장모님, 우리 맛있는 거 왕창 시켜 먹죠."

"왜, 빨리 먹고 뭐 할 일이라도 있나?"

사라가 웃으며 말하자 삼열이 뻔뻔하게 대답했다.

"장모님, 할 게 아주아주 많습니다."

"……."

사라는 삼열의 뻔뻔한 말에 입을 다물었다. 그리고 삼열의 주장대로 룸서비스를 시켰다.

주방장이 요리한 특급 요리들이 삽시간에 차려졌다.

사라는 삼열이 먹는 양을 보며 고개를 좌우로 흔들었다. 아무리 운동선수라는 것을 감안하더라도 사위는 너무 많이 먹었다.

점심을 다 먹고 나서 차를 마시는데 미국의 샘슨 사에서 전화가 왔다. 한국의 경호업체에 삼열의 경호를 의뢰했다는 것이었다.

무슨 말인가 하고 의아해하고 있는데 한국으로 파견된 에

이전트 사의 직원인 에드워드 피트가 와서 설명했다.

샘슨 사도 처음에는 삼열의 인기가 이렇게까지 많을 것을 예상하지 못하고 있다가 공항에 마중 나온 500여 명의 팬을 보고 안전에 문제가 있을지 모른다는 생각을 하게 되었다는 것이다.

그래서 에드워드는 미국 본사에 연락해서 상황을 이야기했고, 그 이야기를 듣자마자 샘슨 사가 재빠르게 한국의 경호업체에 삼열의 경호를 의뢰한 것이었다.

"그렇게 된 것이군요."

"죄송합니다. 불편해하시는 것을 싫어하셔서 경호를 최소화하려고 했지만 기본적인 경호는 조금 더 강화해야 할 것 같습니다."

삼열은 에드워드의 말에 말없이 고개를 끄덕였다. 안 그래도 오면서 사고를 목격하고 로비에서 수화를 봐서 신경이 쓰였다.

그 근처로 다가가고 싶지 않았다. 아내의 오해를 받고 싶지 않았으며 마음 아프게도 하고 싶지 않았다.

추억은 현실로 넘어오면 빛이 바랜다. 그리고 현실을 엉망으로 만들어 버릴 가능성도 대단히 높다.

삼열은 마리아의 나온 배를 보며 이렇게 먼 한국까지 따라와 준 그 따뜻한 마음을 배반할 수 없다고 생각했다. 현실 속에 그것이 이루어질 수 있는지는 모르지만 마음속에서만이라도 말이다.

에드워드가 두 시간 후에 다섯 명의 사람을 소개했다. 경호 업체에서 보낸 사람들이었다. 여자 둘에 남자 세 명이었다. 여자 두 명은 마리아를 위한 배려 같았다. 남자 세 명은 삼열을 위한 것이고.

두 명을 마리아를 위해 배치하려는데 사라가 반대를 했다.

"우리는 신경 쓰지 않아도 되니 남자 요원들로 교체해 달라고 해요."

"네? 그래도……."

삼열은 마리아의 안위가 걱정되어 장모를 설득하고 싶었지만 그녀는 예상외로 완고했다. 할 수 없이 외곽에서 경호해 달라고 부탁하고 세 명의 경호원들과 잠시 이야기를 나눈 뒤 야구장으로 가려고 했다.

키가 큰 남자들이 일정한 거리를 유지하며 삼열을 앞뒤에서 경호했다. 그들은 삼열이 움직이는 동선에 방해가 되지 않는 각도로 노련하게 움직였다.

문학 구장에 도착해 다시 감독과 코치진, 그리고 선수들과 만나 인사를 나눴다. 이승엽 같은 쟁쟁한 선배들이 불참했어도 거의 대부분이 삼열에게는 선배였다.

삼열은 특별히 튈 생각이 없어 인사를 나누고 있는 둥 없는 둥 조용히 지냈다. 송치호만이 삼열에게 다가와 살갑게 이야기를 하곤 했다.

물론 다른 선수들도 삼열과 친하게 지내고 싶은 마음은 있었지만 악동이라는 소문이 워낙 강하게 난 바람에 거리감을 느낀 것도 있었고 삼열이 혼자 조용히 연습만 하니 다가오지 못했다.

"형은 제 은인이에요."

송치호는 아주 대놓고 삼열에게 고마움을 표현했다.

삼열은 자신의 업적에 대해서는 자화자찬을 하는 성격이긴 하지만 이렇게 대놓고 남이 말해 주는 것은 부끄러웠다. 원래 사람이라는 것이 남이 알아주지 않으면 섭섭하지만 막상 또 면전에서 칭찬을 하면 부끄러워하게 마련 아닌가.

"아참, 우리 대광고 동기들이 모여 형 팬 카페를 만들었어요. 회원 수도 제법 많아요."

"그래? 뭘 그런 걸……."

송치호는 삼열의 입꼬리가 위로 올라간 것을 보고는 슬그머니 한마디 했다.

"형, 가끔 와서 댓글도 좀 달아주고 하세요."

"흠, 그럴까?"

"그레이트62예요."

"카페 이름?"

"네, 이름 죽이죠? 영록이가 지었어요."

"흠, 그건 그렇고 오늘 누가 던지지?"

"아마 나동호가 던질 것 같아요. 상대가 파키스탄이니 누가 던져도 이길걸요."

"그렇군."

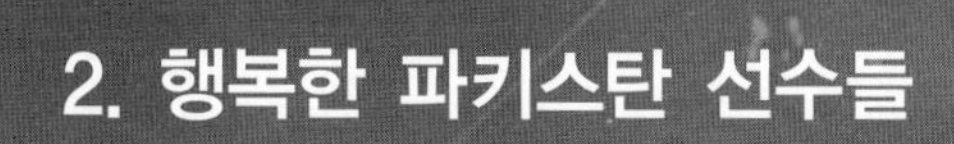

2. 행복한 파키스탄 선수들

삼열은 송치호와 이야기를 끝내고 연습을 시작했다. 습관이 되어버린 연습은 거의 중독 수준이었다.

이제는 이렇게 하지 않으면 뭔가 정신적으로 문제가 생길 정도였다. 다만 회복력이 예전과 달라 과격한 훈련은 자제하고 있었다.

삼열은 공을 던졌다. 공이 역회전하면서 날아갔다. 여전히 밋밋한 공이었지만 삼열은 미소를 지었다. 남들의 눈에는 어떻게 보일지 몰라도 스크루볼이 조금씩 나아지고 있기 때문이다.

시즌 중에 간간이 던져서인지 이제는 사뭇 익숙하다는 느낌이 들 정도가 되었다. 덕분에 맞지 않아도 될 홈런을 많이 맞기도 했다.

'여기서는 던지면 곤란하겠지.'

스크루볼이 손에 익을수록 던지고 싶다는 욕망이 강해졌다. 하지만 이번 시합에 참가한 모든 선수는 우승을 너무나 절실하게 원하고 있다.

여기서 스크루볼을 던지기에는 걸린 게 너무 많았다. 남의 인생까지 걸린 시합에서 낯선 공을 던질 용기는 아무리 그라고 해도 없었다. 꼭 이겨야 하는 시합이며 그 중요도로만 따지면 월드 시리즈 7차전과도 비교할 만했다. 삼열은 입맛을 다셨다.

"쩝, 할 수 없지. 최선을 다하는 수밖에."

삼열은 나지막하게 중얼거렸다. 시간은 점점 다가오고 있었다. 그리고 새로운 경험을 하게 된다는 것으로 인해 심장이 두근거리기 시작했다.

이런 아마추어 경기에서 이렇게 심장이 뛸 줄은 그도 예상하지 못했다. 오늘은 경기에 출전하지 않을 가능성이 많음에도 떨림은 멈추지 않았다. 아주 생경한 경험이었다.

한 나라의 대표가 되어 시합하는 의미는 생각보다 무거웠다. 삼열은 심호흡하며 시간이 지나가면서 벌어지는 일들에 관심을 가졌다.

그제는 홍콩과의 경기에서 9 : 0으로 이겼다. 오늘은 파키스탄과 경기가 있다. 파키스탄은 야구 인구가 3만 명도 되지 않는다. 선수들이 스파이크화도 없이 그냥 운동화를 신고 야구하고 있었다.

한국의 선공.

파키스탄은 2010년 광저우 아시안 게임에서 한국에 17 : 0으로 진 뒤 복수의 칼을 갈았다는데 오늘은 어떨지 궁금해졌다.

1번 타자가 타석에 들어섰다.

이동호는 넥센 히어로즈의 1번 타자로 타격과 주루플레이를 잘하는 선수로 알려져 있다. 파키스탄은 하이더 투수가 던졌다. 몸쪽으로 붙는 140㎞/h의 직구였지만 그대로 이동호의 배트에 맞아 안타가 되었다.

초구에 안타를 맞고 나니 하이더 투수가 조금 당황한 듯 보였다. 전체적으로 볼 때 4년 전보다 그다지 나아진 것 같지 않았다. 공도 밋밋하고 구속도 뛰어나지 않았다.

삼열은 상대 투수를 보다가 더그아웃의 의자에 앉아 벽에 기대어 눈을 감았다. 카메라 앵글은 시합보다 삼열을 더 많이 보여주고 있을 정도였다.

메이저리그 최고의 투수.

그 이름만으로도 어지간한 타자들은 기가 죽게 마련이다.

하물며 아마추어 야구 선수들이야 더 말할 필요가 없었다. 아까부터 파키스탄 선수들도 더그아웃에서 시합보다는 삼열의 얼굴을 훔쳐보기 바빴다.

"힘들군."

"형, 힘들어요?"

송치호가 삼열의 옆에서 물었다. 원래 그는 대광고 시절부터 삼열을 잘 따랐고 삼열이 메이저리그에 진출한 다음에는 우상으로 여기고 있었다.

"긴장감이 없잖아."

"아, 그렇죠. 그래서 힘들다는 말이에요?"

"그래."

삼열은 잠시 눈을 뜨고 그라운드를 바라보았다. 2 : 0으로 한국이 이기고 있었다. 원 아웃에 주자는 2루에 있었다.

"쉽게 이기겠네요."

"그렇게 보이네."

삼열은 하품하며 대답했다. 관객은 만원으로 27,800명이다. 문학 구장은 SK 와이번스의 홈구장이기도 하며 가장 최근에 지어진 구장이라 산뜻하였다.

커플 홈런 존도 있어 예매하면 커플이 같이 다정하게 앉아 경기를 관람할 수도 있다.

그리고 바비큐 존에서는 바비큐를 먹을 수 있으며 외야 그린 존에서는 돗자리를 펴고 가족들이 함께 응원할 수도 있다. 공원의 개념이 일부 도입된 구장이다.

5번 타자 이대영이 파울 라인을 따라 날아가는 깊은 안타를 쳤다.

우익수가 낙하지점을 제대로 예측하지 못해 헤매는 동안 이대영은 안전하게 2루에 도착했다. 그때 파키스탄의 투수가 바뀌었다. 국가 대항이라도 긴장감이 느껴지지 않는 이상한 경기였다.

'이거 내가 잘못 생각한 거 아냐?'

삼열은 아시안 게임의 수준이 낮다는 것을 알았지만 이 정도일 줄은 전혀 예상치 못했다. 괜히 왔다는 생각이 들 정도였다. 존스타인이 아시안 게임에 참가하기 위해 가는 삼열에게 의미심장한 미소를 지었었는데 이런 것 때문이었는지도 모른다.

'젠장, 하늘은 너무 맑군.'

불과 몇 시간 전에 비가 내렸었다. 그래서인지 날씨가 서늘했지만, 그렇다고 춥거나 하지는 않았다.

한국 선수가 안타를 치면 꼭 상대 선수들이 고맙게도 실책을 해주고 있었다. 외야 플라이로 아웃될 것을 공이 글러브 안으로 들어갔다가 튕겨 나오거나 수비수의 다리 사이로 빠지곤 했다. 아주 고마운 팀이었다.

파키스탄 선수들은 승패가 거의 확정되었음에도 불구하고 진지하게 경기를 했는데, 그 점은 무척이나 마음에 들었다. 실력도 없으면서 무성의하기까지 하면 꼴불견인데 그렇지 않아 파키스탄 선수에게 호감이 갔다.

왜소한 체격에 검은 얼굴과 순진한 인상의 파키스탄 선수들은 어떻게 하든지 안타를 치려고 노력하였다.

삼열은 그 모습이 안타까웠다. 선수는 시합에서 애를 쓰면 안 된다.

오히려 훈련에서는 애를 쓰고 시합은 마음을 비우고 자기의 실력대로 해야 한다. 경기는 그동안의 훈련이 그대로 나타나는 것이지, 하루 열심히 한다고 결과가 달라지는 것은 아니다.

한국이 14 : 0으로 파키스탄을 5회 콜드 게임으로 이겼다. 삼열은 졌음에도 그다지 실망하지 않는 파키스탄 선수들을 보며, 어쩌면 심각한 사람들은 모두 한국에 모여 있는지도 모른다는 생각도 했다.

시합이 끝나고 파키스탄 선수들이 한국 측 더그아웃에 있는 삼열에게 몰려들었다.

일부는 사진 촬영을 하고 일부는 사인을 받아갔다. 검은 얼굴에 눈처럼 하얀 이를 드러내고 웃는 그들을 보며 삼열은 기분이 좋아졌다.

한국인의 행복 지수(Better Life Index)는 경제 협력 개발 기구(OECD) 34개국 중에서 32위, 뒤에서 3위다. 반면 국내 총생산을 나타내는 GDP는 1조 1,635억 달러로 멕시코에 이어 세계 15위에 랭크되어 있다.

파키스탄의 GDP는 2,334억 달러로 세계 44위이다. 그러나 한국의 행복 지수는 오히려 방글라데시나 파키스탄에도 밀린다.

삼열은 파키스탄 선수들에게 사인을 해주면서 어떤 면에서 그들이 부러웠다. 작은 것에도 기뻐할 수 있다는 것은 분명 축복이다. 이런 마음이 그들의 행복 지수를 올리는 것인지도 몰랐다.

5회에 시합이 끝나서인지 삼열은 어색했다. 이렇게 일찍 시합이 끝난 적은 그동안 단 한 번도 없었기 때문이다. 내일은 대만전이 있다. 선발은 송치호다.

삼열은 투수 코치의 말을 듣고 고개를 끄덕였다. 그 역시 대만전 투수로 송치호가 적격이라고 생각했기 때문이다.

고등학교 시절부터 145km/h의 공을 던지던 송치호였으니 프로에 와서는 더 날카로워졌을 것이다. 그러니 그는 어느 팀을 만나도 자신의 역할을 다할 것이라는 생각이 들었다.

"열심히 해."

"네, 형. 약간 긴장이 되긴 하네요."

시합이 끝나고 귀가를 하려는데 코치진으로부터 호텔에서 모임이 있다는 말을 듣고 삼열도 선수들과 함께 버스를 타고 국가대표가 머물고 있는 호텔로 갔다.

취재진이 구름같이 모여 있었다.

김성곤 감독이 승리 소감을 간략하게 얘기하고 선수들의 인터뷰가 있었다. 그런데 오늘 시합에 출전도 안 한 삼열에게도 인터뷰가 돌아왔다. 조금 이상했지만 그는 성의껏 인터뷰했다.

시합을 바로 끝내고 왔기에 인터뷰는 간략하게 끝났고 호텔의 회의실에 모였다.

코치진이 선수들에게 오늘의 시합을 치하하고 선수들에게 삼열을 정식으로 소개했다.

"이번에 대표팀에 참가하게 된 강삼열 선수다. 이미 알고 있겠지만 다시 인사하도록."

"강삼열입니다. 잘 부탁드립니다."

삼열이 간략하게 자기소개를 하고 앉자 나성호 코치가 웃으며 한마디 했다.

"삼열이가 예상외로 말이 없는 편인 줄 몰랐네. 어쨌든 모두 잘 지내기를 바란다. 삼열이는 예선전에 뛰지 않는다고 몇 달 전에 알려와 그렇게 투수진을 꾸렸다. 그런데 생각보다 일찍 합류했지만 특별히 달라지는 것은 없다. 알아두도록."

삼열은 나성호 코치의 말에 고개를 끄덕였다. 코치진의 결정을 받아들인다는 의사였다. 간단한 다과가 있었지만 삼열은 전혀 먹지 않았다.

"맛있는데 안 먹어요?"

송치호가 삼열에게 물었다.

"아, 아내가 기다려서 같이 먹을까 하고서."

"부럽다. 나도 아내가 있었으면 좋겠다."

주위의 사람들과 잠깐 이야기를 나누던 삼열은 나성호 코치가 불러 급히 뛰어갔다. 197㎝의 삼열이 나성호 코치 옆에 서자 더욱 커 보였다. 유난히 나 코치가 키가 작았던 탓이다.

"감독님은 들어가셨어. 너에게 말해줄 게 있어서 불렀어."

"네, 말씀하세요."

"알다시피 이제 아시안 게임에서도 야구가 퇴출되기 일보직전이야. 그래서 이번 시합이 우리 선수들에게는 아주 중요하지. 이해하지?"

"네, 충분히요."

"그래서 하는 말인데, 일본전에서 급할 때 네가 한두 이닝 막아줬으면 하는데… 어때?"

"문제없습니다."

"아, 그래?"

나성호 코치의 얼굴이 갑자기 밝아졌다. 삼열은 그러는 나 코치가 이상했다.

선수가 경기에 나와 감독이 마운드에 올라가라고 하면 올라가는 것이 당연한 일이다.

지금과 같은 단기전에서는 어떤 의미에서 선발 엔트리는 거의 무의미했다. 특히 본선 경기에서 한 번이라도 지면 바로 끝이다.

B조인 한국, 일본, 대만 중 두 팀이 본선 경기에 진출하게 되는데 한국이라고 완전히 안심할 수는 없다. 특히 숙적 일본을 예선이라고 슬슬 상대할 수는 절대로 없다.

일본에 져도 2위로 본선 경기 4강에 진출하게 되지만 국민 정서상 그것은 힘들었다. 그래서 코치진이 고민을 해왔던 것이다.

선수들 개개인의 실력은 좋지만 국제 경기 경험이 별로 없어 혹시 실수라도 하면 큰일이었기 때문이다.

"아, 그렇다고 꼭 등판할 수 있는 것은 아니야. 혹시 우리나라가 불리하게 될 경우에는 너의 힘이 필요할 거야."

"네, 어떤 상황이더라도 등판하겠습니다. 걱정하지 마십시오."

삼열은 부드럽게 웃었다.

그도 역시 자신의 악동 이미지 때문에 대표팀 코치조차 어려워하고 있음을 알았다. 한국에서 활동하지 않는 그로서는 굳이 해명할 마음은 없었다.

호텔에는 기자들이 아직도 가지 않고 있었다. 무엇인가 하나 건질 게 없을까 하고 이리저리 움직이는 그들을 보니 웃음이 나왔다. 그러고 보니 이곳에는 야구 팀만 있는 것이 아니니 이해가 되긴 했다.

기자들의 횡포도 싫었지만 이렇게 아침저녁도 없이 취재하는 모습은 딱해 보였다. 그렇다고 동정할 마음도 없었다.

삼열이 그들 옆을 지나가며 손을 흔들자 카메라 플래시가 터졌다. 그래도 귀찮게 하는 사람은 없었다.

그때였다. 기자들이 갑자기 한곳으로 몰려갔다.

'어?'

기자들 사이에서 작은 요정이 웃으며 이야기를 하고 있었다.

'아, 장연주 양이었군.'

요즘 떠오르는 리듬 체조의 스타였다. 동글동글한 얼굴이 귀엽게 생겼지만 웃는 모습은 아름다웠다.

역시 남자들은 환하게 웃는 여자에게는 약하다. 특히나 저렇게 귀엽게 생긴 요정이 웃으면 대책이 없다. 삼열도 잠시 서서 장연주가 기자들 사이에서 손을 흔드는 것을 보았다.

"어? 누구지?"

삼열은 장연주가 자신 쪽으로 손을 흔드는 것을 보고 뒤를 돌아보았지만 아무도 없었다.

'뭐지?'

삼열이 손으로 자신을 가리키자 장연주가 고개를 끄덕이며 환하게 웃었다.

'뭐야, 나를 알지도 못하면서.'

장연주가 자신을 보고 아는 체하자 삼열은 난처해졌다. 그냥 무시하면 건방지다고 매스컴이 난리를 칠 것이다. 그렇다고 아는 체를 하기에는 생면부지의 여자다.

그래서 어설프게 웃으며 살짝 손을 흔들고 가려는데 기자들이 삼열 쪽으로 움직였다. 그 중심에는 장연주가 있었다.

"오빠, 안녕하세요. 장연주입니다."

"아, 반가워요. 나는 강삼열."

삼열의 말에 장연주가 웃었다. 마리아의 웃음처럼 웃는 모습이 예뻤다.

"오빠, 도와줘요."

"뭐요?"

"어떻게 해요."

장연주는 주위의 기자들을 바라보며 작은 소리로 말했다.

'어쩌라고?'

삼열이라고 용빼는 재주는 없었다.

"어디를 가는데요?"

"친구 좀 잠깐 만나고 오려고요."

"그러면 코치하고 같이 다녀야죠."

"어쩌다 보니……. 부탁해요. 친한 척해줘요. 제발!"

장연주가 개구쟁이 같은 웃음을 지었다. 삼열은 어쩔 수 없이 기자들과 이야기를 시작했다.

장연주는 삼열과 이야기를 하다가 기자들의 눈이 삼열에게 쏠릴 때 화장실에 가고 싶다고 하며 슬쩍 빠져나갔다. 그러고는 돌아오지 않았다.

기자들도 아쉬울 건 없었다. 가십성 기사를 얻었으니 빨리 전송하고 싶어서 더 이상 삼열을 붙들지도 않았다.

'아, 젠장. 또 소설을 쓰겠군.'

삼열은 호텔에 가서 마리아에게 이 사실을 빨리 이야기해야겠다고 생각하며 나왔다.

어차피 곧 방송에 터질 것이니 미리 이야기를 하는 것이 나을 것 같았다.

3. 예선 : 일본전

마리아는 다음 날 신문에 난, 삼열과 장연주가 같이 찍힌 사진을 보며 사진이 잘 나왔다고 좋아했다. 삼열로서는 기대한 것과는 다른 반응이었다.

"마리아, 기분 나쁘지 않아요?"

삼열이 걱정하는 투로 말했다. 그러자 마리아는 무슨 말도 되지 않는 소리를 하느냐는 표정을 지으며 다소 과장된 어조로 말했다.

"어머, 나 이 선수 좋아하는데. 예쁘고 귀여워요. 나이도 어리죠?"

"으잉……?"

삼열은 마리아가 신문에 적힌 한글을 제대로 이해하지 못해서 그런가 보다 했는데 그것은 아니었다.

—괴물 투수와 체조 요정의 다정한 시간.

"여보, 당신보고 괴물 투수라고 하네요. 어디가 괴물이지? 우리 남편 귀엽기만 한데."

마리아는 그렇게 말하고 다시 웃었다.

"기분 안 나빠?"

"뭘요. 당신은 메이저리그의 스타 투수니 이런 일은 언제나 가능해요. 호호, 그리고 난 당신이 절대 바람을 못 피울 것이라고 확신해요."

삼열은 마리아의 말을 듣고 기분이 좋으면서도 나빴다. 자신을 믿어준 것은 고맙지만 자신이 바람을 피울 주제도 되지 못한다는 뜻인 것 같아 왠지 억울했다.

물론 자신이 매력적인 남자는 아니지만, 그래도 키도 크고 돈도 잘 벌고 성격은 별로여도 재미있는 캐릭터가 아닌가.

그런데 그것이 표정에 드러난 모양이었다. 삼열의 표정을 본 마리아가 놀리듯이 삼열에게 말했다.

"호호, 당신이 연습하는 시간을 대폭 줄이지 않으면 어떻게 다른 여자를 만날 수 있겠어요? 내가 당신과 한집에서 살았으니 연애가 가능했던 거죠."

말을 마치고 도도한 표정으로 고개를 드는 마리아를 보고 삼열은 머리를 긁었다. 맞는 말이다. 훈련 중독에 빠진 삼열이 바람을 피우려면 훈련 시간을 줄여야 하는데 그것은 그의 성격상 힘들었다.

어린 시절부터 너무나 치열한 삶을 살아왔기에 평범하게 사는 것에 익숙하지가 않았다. 자신의 몸을 혹사에 가깝게 훈련하지 않으면 몸이 견디기 힘들었다.

'아기가 태어나면 달라질까?'

삼열은 곧 태어날 아기를 생각하며 미소를 지었다. 마리아는 그동안 아기 때문에 힘들어하면서도 잘 참아내고 있었다. 그녀의 자궁에 있는 혹은 아기가 성장하면서 같이 커지고 있지만 아직까지 위험한 단계는 아니었다.

하지만 그 때문에 성격이 예민해지고 짜증을 부리는 시간이 많아졌다. 손톱 밑에 작은 가시만 박혀도 신경이 쓰이는데 몸 안에 혹이 자라고 있으니 얼마나 힘들겠는가.

하지만 마리아는 요즘 행복했다. 몸은 힘들었지만 초음파 사진을 통해 아기가 커가는 모습을 보면 마음이 따뜻해졌다. 이제는 아기가 숨 쉬는 것과 뛰노는 것이 느껴졌다. 그녀는 생명의 경이로움을 느끼며 감사하는 마음을 가졌다.

"여보, 난 항상 당신을 믿어요. 그러니 힘내요."

삼열은 마리아의 말에 감동해 입술에 키스했다. 혀와 혀가 얽히고 흥분한 마리아가 삼열의 몸을 더듬었다. 삼열도 흥분되었지만 어떻게 할 수 있는 방법은 없었다. 마리아의 몸에 혹이 생긴 이후 같이 자면 아파했기에 참는 방법밖에 없었다.

대만과의 경기는 송치호가 선발로 나와 7 : 3으로 이겼다. 대만 출신의 메이저리거도 요즘은 많다.

시애틀 매리너스의 궈홍치, 뉴욕 메츠의 후친렁, 워싱턴 내셔널스의 왕두열이 있지만 그들 중 아무도 아시안 게임에 출전하지 않았다.

그뿐만 아니라 일본 출신의 메이저리거들도 이번 경기에는 단 한 명도 참가하지 않았다. 그 이유는 아직 메이저리그 일정이 끝나지 않은 탓도 있었고, 굳이 아시안 게임에 참가할 이유가 없었기 때문이다.

한국 선수들만이 병역 문제와 연관이 되면서 열과 성의를 다하고 있을 뿐이었다.

오늘은 예선 마지막 날, 2승의 한국과 1승 1무의 일본의 시합이 있는 날이다. 아침부터 기자들과 매스컴은 취재 열기로 뜨겁게 달아올랐다.

삼열은 아침부터 일어나 훈련을 마치고 다른 선수들보다

일찍 문학구장에 도착하였다. 몇몇 선수들이 먼저 나와 있었지만 아직은 숫자가 적었다.

삼열은 옷을 갈아입고 그라운드를 돌았다. 발끝에 힘을 싣자 달리는 속도가 가파르게 상승했다. 바람을 가르는 화살처럼 삼열은 빠르게 뛰었다. 그 모습을 지켜본 몇몇 선수가 한마디씩 했다.

“와! 오늘도 엄청난 속도로 달리기 시작하네. 저 정도면 단거리 선수를 해도 될 것 같은데 왜 야구를 하는지 모르겠어.”

“하긴, 우사인 볼트보다 빠를 것 같은데. 실제로 빠를지는 모르겠고 적어도 400미터, 1,000미터, 3,000미터는 가능할 것 같은데 말이지.”

“너도 그렇게 생각하지?”

“물론이야.”

“저 녀석은 슈퍼맨이야. 비교 불가. 따로 놀게 내버려 두고 우리끼리 열심히 하자고.”

네 명의 선수가 경기장 한쪽에서 몸을 풀면서 질린 표정으로 삼열을 바라보았다.

일본 야구가 아시안 게임에서 거둔 최고 성적은 1996년에 거둔 은메달이었다. 동메달은 1992년, 2004년, 2010년, 이렇게 세 차례였다.

반면 한국은 1998년, 2002년, 2010년, 이렇게 세 차례 우승하였다. 아시안 게임에서만큼은 압도적으로 우세하였다. 그래서인지 사람들은 이번에도 당연히 한국 팀이 우승할 것으로 생각했다.

그러나 시합에는 변수가 많고, 당연히 우승하는 경기 따위란 없다. 2010년 광저우 아시안 게임에 코치로 참여하여 조남현 감독을 보좌한 경험이 있는 김시진 넥센 감독은 다음과 같이 회고했다.

"그 당시 우리는 1등이 아니면 안 되는 상황이었다. 은메달만 따도 어떻게 돌아가야 할지 걱정이었다. 정말 걱정이었다. 당시 류현진, 윤석민, 양현종 투수의 컨디션이 엉망이었다."

국제 경기에서 선수들이 받는 압박감은 상당히 크다. 선수들이 긴장감을 이기지 못하면 평소에 하지 않던 실수도 하게 되게 마련이다. 그렇게 될 경우 의외의 결과도 나올 수 있다.

한국의 선발은 양명창 선수로 기아 타이거즈의 좌완 투수였다. 올해 9승 8패 평균 자책점이 3.57이었다. 슬라이더가 좋고 체인지업과 커브가 날카롭다.

직구의 최고 구속은 146㎞/h이지만 볼 끝의 움직임이 좋다고 알려진 선수였다.

이에 반해 일본 팀 선발은 야마구치 겐조로 사회인 야구 팀인 히지리가오카 병원 팀의 투수다. 올해 성적은 11승 10패 자책점은 3.12였다.

삼열은 마운드에서 공을 던지는 양명창 투수를 바라보았다. 그의 모습은 어딘지 불안해 보였다. 긴장을 많이 하고 있는 것이 분명했다.

다시 고개를 돌려 야마구치 겐조를 보았다. 그 역시 별반 다를 바 없어 보였지만 상대적으로 양명창보다는 더 침착해 보였다. 사회인 야구 팀 소속이라 그런지 경기에서 느끼는 책임감이 상대적으로 작아서인 것 같았다.

삼열의 눈이 날카롭게 번뜩였다. 남들보다 월등한 그의 시력은 선수들의 세세한 표정을 볼 수 있었고, 이는 그가 메이저리그에서 쉽게 타자를 상대하게 만들었다. 눈치도 빨라 상대 타자가 어떤 공을 노리고 있는지조차도 대충 짐작할 정도였다.

'하긴, 긴장이 많이 되겠지. 병역 문제가 걸렸으니. 그래도 너무 긴장하는 것 같은데.'

투수 코치도 그것을 느꼈는지 그에게 다가가 이야기를 했다. 관중석에 관객들이 들어오고 있었다. 한일전이라 그런지 일본 팀 응원 관중도 많았다. 아마도 한국을 여행하다가 표를 예매한 사람들이 대부분인 것 같았다. 그들은 차분하게 일장기를 손에 들고 일본 선수들을 바라볼 뿐이었다. 조직적으로 응원하는 사람들은 없었다.

시간이 흘러 마침내 경기가 시작되었다. 이번 경기는 한국의 홈경기로 치러진다. 그래서 한국 팀의 수비로 1회가 시작되었다.

양명창 투수는 마운드에 서서 호흡을 골랐다. 그는 연습할 때는 공이 자꾸 뜨고 있어 곤란함을 느꼈다. 심적인 부담이 컸다. 그러나 경기가 시작되고 공을 던지자 다행히 낮게 제구되기 시작했다.

펑.

"스트라이크."

아까의 공도 그렇고 이번 공도 낮게 제구되었다.

일본의 1번 타자 요시무라 호치가 배트를 휘둘렀지만 이미 공이 지나간 다음이었다.

'좋았어. 제구가 되고 있어.'

양명창은 안도의 한숨을 내쉬었다. 일본전은 선수들에게 많은 부담을 준다. 국민이 당연히 이길 것이라고 기대하고 보기 때문이다. 그러나 세상에 당연히 이기는 경기 따위는 없다. 그래서 양명창은 긴장을 하고 혼신의 힘을 다해 공을 던졌다.

바깥쪽으로 공이 한 개 반 정도로 빠지는 공이었지만 타자의 앞쪽에서 날카롭게 변하는 슬라이더에 타자는 삼진을 당하고 말았다.

"괜찮은데."

삼열은 양명창의 투구를 보며 나직하게 중얼거렸다. 삼열도 양명창이 연습구를 던질 때를 생각하며 걱정을 했었다.

1번 타자가 삼진으로 물러나자 즉각적으로 관중석에서 환호가 튀어나왔다. 홈팀의 이점이 바로 나타났다. 파도타기 응원이 시작된 것이다.

양명창은 자신의 이름을 부르는 관중들의 환호를 들으며 마음을 더욱 차분히 가라앉혔다. 마치 기아 타이거즈의 구장 같았다. 특히나 이 문학 구장의 마운드는 그도 몇 번 서봤기에 그리 낯설지 않은 곳이었다.

문학 구장은 좌우 펜스가 95m이며 중견 펜스가 120m다. 투수에게 유리한 구장은 아니었다. 하지만 익숙하다는 장점이 있다.

2번 타자 요시다 조토가 나왔다. 잘생긴 외모에 짧은 콧수염을 기르고 있었는데 무척이나 멋있었다. 삼열은 상대 타자가 여자들에게 제법 인기가 있을 것으로 생각했다.

아니나 다를까, 3루 쪽 관중석에서 요시다를 응원하는 여성 팬들이 많았다.

그녀들은 일장기를 흔들며 큰 소리로 응원하였다. 심지어 일본 팬 중에 일본어로 '요시다, 나와 결혼해 줘요!'라고 적힌

골판지를 흔드는 여자도 있었는데, 나이 어린 소녀였다.

그 모습이 전광판에 비치자 소녀는 좋아서 깡충깡충 뛰었다. 어려 보이기는 하지만 학생인지 동안의 어른인지 잘 구별이 되지 않았다.

그러나 열성 팬들의 응원에도 불구하고 그는 외야 깊은 플라이볼로 아웃되고 말았다. 그래도 굉장히 잘 맞은 타구였다. 방향이 중견수 쪽이어서 그렇지, 좌우 펜스 쪽으로 날아갔다면 아마도 홈런이 되었을 수도 있을 큼직한 타구였다.

양명창은 요시다의 공이 중견수에게 잡히자 안도의 한숨을 내쉬었다. 잡힐 것으로 생각은 했지만 배트의 중앙 정면에 맞아서 걱정이 되기도 했다.

3번 타자 이와무라 다조가 타석에 들어섰다. 그가 들어서자 3루 쪽에서 다시 소란이 일어났다. 이와무라 다조는 실업팀 니폰 오일 소속 선수이다. 그는 올해 45개의 홈런, 0.351의 타율을 거두어 일본프로야구(NPB)에서 영입 대상 0번으로 꼽히는 선수다. 몇몇 메이저리그의 구단도 그에게 관심을 보인다는 말이 있었다.

니폰 오일은 예전에 레드삭스가 영입한 일본인 투수 다자와 준이치가 소속된 실업 팀이기도 하다. 그는 이번에 참여한 가장 강력한 타자 중 하나였다. 한국 팀이 전체적으로 보면 한 수 앞서지만 이와무라만은 경계의 대상이었다.

'제법이네.'

삼열은 매의 눈을 하고서 투수를 노려보는 이와무라를 바라보았다. 체격이 컸다. 190㎝ 정도는 족히 되어 보였다. 게다가 딱 벌어진 어깨는 그가 장타력을 가진 타자라는 것을 말해 주고 있었다.

양명창이 공을 던졌다. 낮게 제구된 공이 몸쪽으로 붙어 들어갔다. 이와무라가 힘껏 배트를 휘둘렀다.

딱.

공은 하늘 높이 올라가 파울 폴대 옆을 스치고 날아갔다. 양명창은 안도의 한숨을 내쉬었다. 아슬아슬한 파울이었다. 이와무라의 배트 스피드는 굉장히 빨랐다. 허리의 유연함도 상당했다. 손목의 힘만 갖췄다면 대형 선수감이었다. 그리고 한눈에도 '나 홈런 타자야'라는 포스를 풀풀 풍기고 있었다.

"아, 쪽발이 새끼. 카리스마 쩌네."

삼열은 박지연이 하는 말을 듣고 고개를 끄덕였다. 박지연은 이름만 들으면 여자라고 생각할 수 있지만 남자다. 그것도 우락부락한 남자. LG 트윈스 소속의 투수인 그는 대만과의 경기에서 1이닝 등판하여 깔끔하게 제 역할을 하였었다.

이와무라는 양명창의 두 번째 공을 쳐서 2루를 가르는 안타를 뽑아내고 1루로 진출했다. 이와무라는 올 시즌에 32개의 도루를 했다. 일단 누상에 나가면 골치 아픈 선수였다. 역시나 그는 양명창의 정신을 빼놓고 2루로 진루했다.

하지만 다음 4번 타자가 삼진을 당하는 바람에 그의 노력은 물거품이 되었다. 그러나 그의 도루는 예리한 칼날처럼 양명창의 마음을 서늘하게 만들었다.

1회 초가 끝나자 관중석에서 커다란 박수가 쏟아졌다. 홈이어서 팬들의 응원이 열광적이었다. 이는 확실히 한국 팀에 유리한 요소였다.

일본 팀의 투수 야마구치 겐조가 마운드에 섰다. 그 역시 실업 팀 소속의 투수였다. 야마구치가 연습구를 던지고 마운드에서 공을 던질 준비를 끝내자 1번 타자 이동호가 타석에 들어섰다. 그는 넥센 히어로즈의 타자로 키는 작지만 몸이 빨랐다.

한국 팀의 공격은 그로부터 시작된다고 봐도 좋았다. 그는 출루율이 굉장히 높았다. 파키스탄전에서도 대만전에서도 안타가 있었다. 그리고 그것은 득점으로 이어졌다.

야마구치가 공을 던졌다. 그리고 이동호가 반사적으로 배트를 휘둘렀다.

딱.

1루 관중석으로 들어가는 파울 볼이었다. 이동호는 초구를 좋아하는 공격적인 1번 타자였다. 그럼에도 출루율이 좋은 것은 순전히 그의 선구안 때문이었다. 게다가 그는 인내심이 강

했다. 투 스트라이크 후에도 볼은 치지 않는 경우가 많았는데 그런 경우는 실제로 볼로 판결나는 경우가 많았다.

"파이팅! 동호야, 홈런!"

"파이팅!"

더그아웃에서 동료들이 이동호를 응원하였다. 그러자 1루 쪽 관중석에서도 이동호를 외치는 응원 소리가 문학 구장을 가득 메웠다. 간간이 카메라가 더그아웃에서 하품을 하고 있는 삼열을 비추기도 했다. 그럴 때마다 관중석에서는 어마어마한 환호가 일어났다.

긴장감이라곤 찾아볼 수 없는 그의 이런 불량한 태도는 메이저리그 악동의 이미지와 맞아떨어져 더욱 그의 인기를 끌어올렸다.

메이저리그 1위의 투수. 관중도, 팬도 1등만 알아주는 더러운 세상이었지만 한국 선수들은 좋았다. 그들도 알고 있었다, 삼열과 자신들과의 간격을. 그 간격은 너무나 깊어 따라잡기 힘들었다.

게다가 일찍 나와 연습을 하는 모습을 지켜본 선수들은 모두 그를 열외로 제쳐 놓았다. 처음에는 격렬한 훈련을 하는 삼열을 보고 일부러 보여주기 위해 쇼를 하는 것으로 생각했었다. 그러나 고등학교 때는 더했다는 송치호의 말을 듣고서 입을 닫았다.

야마구치는 한국 관중의 시끄러운 응원이 신경 쓰이는지 거북한 표정을 지었다. 한국 팀의 응원을 듣고 있으면 머리가 멍멍해져 무슨 공을 던질까 하는 생각이 안 났던 것이다.

야마구치가 공을 던졌고 이동호가 배트를 휘둘렀다.

딱.

타구는 1루 라인을 따라 굴러갔다. 기습 번트였다.

설마 1회부터 번트를 칠 것이라고는 예상하지 못한 일본 수비들이 허둥지둥 뛰어왔지만 이동호는 있는 힘껏 뛰어 간발의 차로 세이프가 되었다. 허가 찔린 듯 야마구치는 마운드에서 당황한 표정을 지었다.

2번 타자 김채민이 타석에 들어섰다. 그는 타석에서 배트를 한 번 휘두른 뒤 오른발로 한 번, 왼발로 한 번 차고 타격 자세를 잡았다. 야마구치는 코를 찡긋하고 정신을 다잡아 공을 던졌다. 그의 날카로운 공이 타자 앞에서 뚝 떨어졌다.

펑.

타자의 배트가 허공을 가르고 지나갔으며 포수 야스모토가 공을 잡아 2루를 바라보았다. 1루에 있던 이동호도 2루로 뛰지 못했다. 주자가 있는데 설마 초구에 포크볼을 던질 줄은 몰랐던 것이다. 이동호는 1루에서 초구를 보고 도루를 할지 말지 결정하려고 했었다.

3루 쪽 일본 팀 응원석에서 박수가 터져 나왔다. 야마구치는 사회인 야구 팀 소속의 투수라 알려진 게 많지 않았기에 이렇게 정상급의 포크볼을 가지고 있을 것이라고는 아무도 예상하지 못했다.

'저렇게 뛰어난 포크볼이 있는데 왜 프로로 가지 못했지?'

삼열이 생각해도 이해가 되지 않을 정도로 훌륭한 공이었다. 직구의 스피드도 그런대로 괜찮았고 커브도 좋았다.

'뭔가 있겠지.'

삼열은 하늘을 바라보았다. 구름 한 점 없이 맑은 하늘이었다. 이렇게 좋은 날씨에 야구를 하는 것은 너무나 행복한 일이다. 아무리 뛰어도 숨이 하나도 차지 않을 것 같은 하늘과 날씨였다.

김채민은 잠시 타석을 벗어나 배트를 휘두르고 나서 다시 타석에 들어섰다. 1루에 있는 이동호는 투수와 포수를 한 번 쳐다보고는 바닥에 침을 뱉었다. 프로 야구 선수들이 경기 중에 침을 뱉는 것은 하나의 습관이고 문화다.

메이저리그에서는 씹는 담배가 허용된다. 그래서 선수들이 침을 뱉는 것은 니코틴이 빠진 담배를 버리는 것이다. 해바라기 씨도 까서 먹고 껍질을 뱉기도 하고, 그냥 침을 습관적으로 뱉기도 한다.

'이번에도 포크볼을 던질까?'

이동호는 야마구치 투수를 바라보며 생각했다. 그리고 1루 베이스에서 한 발을 떼었다. 어쨌든 상대 투수를 흔들기 위해서는 도루를 하지 않는다 하더라도 주자는 뛰는 척을 해야 한다. 그게 1번 타자의 임무였다. 출루를 하고 득점 기회를 만드는 것. 그 가운데 투수가 마음 놓고 공을 던지지 못하게 해야 하는 것도 포함되어 있다.

야마구치가 세트 포지션으로 공을 던졌다. 공이 바람을 타고 미끄러지듯 날아갔다.

김채민은 외곽으로 빠지는 공이라는 것을 알았지만 배트를 휘두를 수밖에 없었다. 1루에 있던 이동호가 2루로 뛰었기 때문이다. 순간 무게 중심이 무너져 바깥쪽으로 몸이 기울어졌다.

펑.

"스트라이크."

공은 간신히 미트에 박혔지만 야스모토 포수가 일어나 주심에게 수비 방해라고 강하게 항의를 했다. 하지만 받아들여지지 않았다. 의도적으로 포수의 앞을 가린 것이 아니라 바깥쪽으로 빠지는 공을 맞히기 위해 몸의 균형이 무너졌기 때문이다. 물론 이런 볼에 배트를 휘두른 것은 작전이 있었기 때문이었다.

김성곤 감독은 경기 초반부터 강력하게 나갔다. 발이 빠른 이동호가 진루하자 런 앤 히트가 걸린 것이다. 덕분에 주자는

2루로 진출했지만 볼카운트가 불리하게 되었다. 투 스트라이크에 노 볼이었다.

김채민은 타석에 들어서며 생각했다.

'볼을 던지려고 하겠지? 하지만 아까 초구로 포크볼을 던진 것을 보면 안심할 수 없어.'

김채민은 긴장한 채 야마구치를 보며 배트를 잡은 손목에 힘을 주었다.

다음 공은 예상대로 볼이었다. 투 스트라이크 원 볼이 되었다. 하지만 김채민은 다음 공을 예상할 수 없었다. 투수든 타자든 볼카운트가 불리해지면 자신의 실력을 제대로 발휘하기란 무척이나 힘들다.

다음 공은 빠른 직구였다. 바깥으로 빠진 공이 확연한 볼이었다. 김채민은 배트를 휘두르지 않고 가만히 있었다. 공을 받은 포수가 벌떡 일어나 2루로 던졌다. 귀루를 하지 못한 이동호가 2루수의 태그를 피하려고 몸을 비틀었지만 이미 늦었다.

아웃이었다. 달아오르던 한국 측의 분위기가 차갑게 가라앉았다. 이해할 수 없을 정도로 리드 폭이 컸으며 2루 수비가 베이스로 복귀하는 것을 눈치채지 못한 이동호의 명백한 실수였다.

야구에서 베이스와 베이스의 거리는 90피트, 즉 27.431m이다. 이 거리를 뛰는 데는 불과 몇 초도 안 걸린다. 리드 폭이 크면 좋은 이유는 단타에도 진루할 수 있고 운이 좋으면 득점을 할 수도 있기 때문이다.

하지만 간혹 2루에서 죽는 것도 대부분 이런 방심 때문이다. 주자는 투수를 등지고 있고 2루수는 1루수와는 달리 2루 베이스에서 떨어져 수비한다. 2루에 붙어서 수비를 하면 비효율적이기 때문이다.

유격수와 수비 영역이 일부 겹치기 때문에 2루수는 1루 쪽으로 몇 발자국 떨어져 있어야 한다. 그렇기 때문에 2루 주자는 2루수를 경계하지 않는데 오늘처럼 황당한 견제사를 당하는 경우가 종종 나올 때가 있다.

삼열은 피식 웃었다. 이렇게 중요한 경기에서 어이없는 실책이 나온 것이다.

수비가 좋은 포수들의 도루 저지율은 통산 3할 정도이다. 뛴다고 모두 다 사는 게 아니다. 이번 타자처럼 볼카운트가 불리할 때 누상의 주자는 신중할 필요가 있다. 투수가 선택할 수 있는 수가 많기 때문이다.

이동호는 더그아웃에 들어와 고개를 숙이고 땅만 바라보았다. 득점 찬스를 놓친 미안한 마음에 고개를 들지 못했다.

주위의 선수들이 지나가면서 그의 등과 어깨를 두드리며 괜찮다고 위로했다. 하지만 어쨌든 분위기가 다운된 것은 피할 수 없었다.

김채민이 삼진으로 물러나자 3번 타자가 좌중간을 가르는 깨끗한 안타를 치고 나갔다. 4번 타자가 외야 플라이볼로 아웃되면서 1회가 끝났다. 어이없는 주루사만 하지 않았다면 먼저 점수를 낼 수 있는 상황이었는데 그것이 무산되고 말았다.

"자, 힘내자."

"파이팅!"

"이기자! 아자, 아자, 파이팅."

한국 팀 선수들은 그라운드로 나가면서 자기들이 생각나는 대로 소리를 지르며 위축된 분위기를 바꾸려는 시도했다. 이동호가 어이없는 실수를 해서 아웃이 되었지만 그를 질책하는 선수들은 없었다. 선수라면 누구든지 실수를 할 수 있기 때문이다.

일본 팀은 위기 뒤의 기회라는 말이 있듯 양명창 투수에게서 시작부터 안타를 뽑아냈다. 5번 타자가 안타, 6번 타자가 아웃, 7번 타자가 안타로 원 아웃에 1, 3루가 되었다. 그러자 김성곤 감독이 마운드로 올라갔다. 불펜에서는 선수들이 공을 던지기 시작했다.

"괜찮아. 천천히 해."

김성곤 감독은 양명창에게 가볍게 이야기를 하고는 내려왔다. 아무리 산전수전 다 겪은 노련한 명감독이라도 초반 분위기에 휩쓸리는 것을 막을 방법이 많지 않았다. 꺼내놓을 카드가 투수 교체 외에는 달리 없다.

양명창이 포수의 사인을 보고 공을 던졌다. 타자가 초구에 배트를 힘껏 휘둘렀다.

딱.

공이 외야 깊숙이 날아갔다. 중견수가 가볍게 잡았으나 3루 주자가 홈으로 들어와 1실점을 하고야 말았다. 갑자기 무거운 분위기가 문학구장을 덮쳤다. 전혀 생각하지 못했던 실점이었다.

이제 아웃 카운트 하나를 남겨놓고 주자는 1루에 있었다. 흔들리는 투수를 위해 김명석 포수가 다시 마운드에 올라갔다.

다행히도 양명창은 실점을 하고 나자 비로소 긴장이 풀어지면서 경기에 집중할 수 있게 되었다. 압박감이 너무 컸던 탓에 필요 이상으로 긴장해 공이 원하는 대로 들어가지 않았던 것이다.

양명창은 9번 타자를 삼진으로 돌려세우며 2회를 마무리했다. 1점을 뒤지고 있었지만 한국 선수들은 위축되지 않고 파이팅을 했다. 잠시 소강상태였던 한국 팀을 응원하는 관중들의 우렁찬 응원이 다시 시작된 덕도 있었다.

삼열은 일본에 점수를 리드당하자 몸이 근질거렸다. 다른 팀도 아니고 일본에게는 절대로 져서는 안 된다. 두 나라의 삐걱거리는 관계는 전혀 나아지지 않고 있었다. 일본 우익이 연일 정치적 공세를 펼치고 있어 한국인들의 일본에 대한 감정이 좋지 않았다. 야구나 축구에서 양국 간의 경쟁은 이제 그 도를 넘고 있었다.

우익들은 메이저리거들도 모두 아시안 게임에 참가해야 한다고 했지만 먹히지 않았다. 연봉은 그들이 주는 것이 아니라 메이저리그 구단주의 주머니에서 나오기 때문이다. 메이저리그의 구단들이 그 많은 연봉을 주면서 아시안 게임에 참가하는 것을 허락할 리가 없었다.

"쪽발이한테 지고 있다니. 아, 화나네요."

송치호가 삼열의 옆에서 분을 참지 못하고 한마디 했다.

"아직 경기는 끝나지 않았어. 게다가 이제 1점에 불과하다고."

"저 새끼들에게는 1점도 아까워요."

송치호의 말에 주위에 있던 선수들도 고개를 끄덕였다.

"이기자고. 쪽발이한테 지면 우리는 팬들에게 맞아 죽을지도 몰라. 그걸 떠나 저 ×발 새끼들에게는 절대 질 수 없어."

"맞아. ×발. 저 새끼들은 개인적으로 만나보면 다들 괜찮은데 모이면 또라이가 되는 이상한 족속들이지."

삼열도 한국인인지 일본이 싫었다. 개인적으로 일본사람에게 사기를 당하거나 맞은 것도 아닌데도 그저 싫었다. 그냥 체질적으로 일본이 싫었다.

삼열은 벌떡 일어나 김성곤 감독에게 갔다.

"왜 왔나?"

김성곤 감독은 골치가 아픈지 이마를 찌푸리고 있다가 삼열이 다가오자 인상을 펴고는 물었다.

"출전하고 싶습니다."

"하지만 아직은 이른데."

"타자로도 괜찮습니다."

"흠, 자네가 원하면 그것도 한 방법이긴 하지. 자네가 메이저리그에서 얻은 성적도 있으니까. 하지만 우리 타자들을 난 믿네. 자네는 5회 이후에 투수로 나갈 수도 있으니 마음의 준비를 하고 있으라고."

"아, 네."

삼열은 말없이 물러났다. 김성곤 감독의 말이 맞았다. 피가 마구 뜨겁게 끓고 있지만, 그렇다고 규칙을 무시하면 안 된다. 이번에 삼열이 타자로 출전해서 점수를 얻는다 하더라도 그것은 대표팀에 좋은 영향을 끼치기보다는 나쁜 영향을 줄 확률이 높다.

팀을, 동료를 믿어야 한다. 이는 모든 선수가 지켜야 하는 첫 번째 규칙이다. 동료를 믿지 않고서는 아무것도 할 수 없다. 야구는 혼자 치고 혼자 던지는 원맨쇼가 절대 아니기 때문이다.

삼열은 자리로 돌아오면서 자신의 실수를 깨달았다. 아직 한국 팀의 공격 기회가 많이 남았다. 괜히 흥분했다. 하지만 일본에게 지는 것은 정말 싫었다.

삼열이 자리에 앉자 송치호가 궁금한지 물었다.

"감독님한테 왜 갔어요?"

"응, 그냥. 오늘 던질 수 있나 여쭤본 거야."

"형이 던지면 죽음이죠. 새끼들 모두 깨갱할걸요."

"그러면 나야 좋지."

삼열은 송치호의 어깨를 두드렸다. 삼열이 감독과 나란히 서서 이야기하는 것이 전광판에 보였다가 다시 더그아웃의 의자에 앉아 송치호와 이야기하는 장면이 오버랩되며 비추었다.

5번 타자 장영이 안타를 치고 나가고 2루 도루까지 한 것을 보여주느라 삼열이 김성곤 감독과 이야기하는 장면이 늦게 나온 것이다.

"와아!"

삼열의 얼굴이 잡힐 때마다 관중석에서는 환호성이 들렸다. 그것은 마치 국제 경기에서 박지성이 화면에 비치면 나오는 환호성과 비슷했다. 아이러니한 것은 3루 쪽 관중 중에서도 삼열이 화면에 나오면 좋아하는 여자들이 상당수 있다는 것이었다. 이는 삼열의 가정적인 이미지가 사람들에게 알려진 탓도 컸다.

삼열을 보면 여자들은 알 수 없는 호기심을 느끼곤 했다. 그는 메이저리그의 1위 투수이며 최고의 악동이었다. 그리고 그의 아내는 미국 최고 명문가의 딸이고 무척이나 아름다웠다. 그래서 여자들에게 삼열은 인기가 많았다.

도대체 그는 뭘까 하는 호기심, 그에게 뭐가 있어 마리아와 같은 대단한 미녀가 먼저 프러포즈를 했을까 하는 그 호기심은 국가 대항전에도 변하지 않고 나타났다.

다음 타자인 이대영이 나와 투런홈런을 날리면서 단숨에 역전해 버렸다. 분위기는 다시 한국으로 넘어왔다. 그 모습을 보며 삼열은 자신이 오버한 것을 인정해야 했다. 이후 한국팀은 또 1점을 얻었다.

한국은 2회 말에 3점을 얻어 3 : 1로 일본에 앞서갔다. 3회까지 양명창 투수가 마운드를 지켰다.

그는 점수를 내주고 난 뒤에 더욱 침착하게 마운드를 운영하였다. 다시 제구력이 살아나 일본 타자들을 압도했던 것이다.

일본 팀의 선발 야마구치 겐조 투수는 좋은 구질을 가지고 있음에도 불구하고 3회 말에 또 1점을 내주고 마운드를 내려갔다.

압도적인 구위를 가지고 있음에도 왜 그렇게 쉽게 점수를 내줬을까?

생각을 해봐도 별다른 것이 나오지 않았다. 미스터리였다. 아마도 새가슴이어서 스스로 중압감을 이기지 못하고 무너진 것 같았다. 그 외의 다른 이유를 찾기 힘들었다.

'구위가 좋은 투수였는데.'

삼열은 야마구치가 쓸쓸하게 더그아웃으로 들어가는 모습을 보며 생각했다. 역시 투수는 정신력이 제일 중요했다. 강철 같은 심장을 가지지 않으면 제 실력을 발휘할 수 없는 게 투수다.

바뀐 투수는 사사키 교토였다. 한신 타이거즈 2군에서도 활동하다가 사회인 야구 팀으로 옮긴 경력이 있는 투수였다.

삼열은 사사키 선수의 투구 동작을 보고 눈을 감았다. 타자들의 성향은 이미 모두 파악했다. 그의 천재적인 머리가 한 번 본 것만으로도 모두 기억해 버린 것이다. 각각의 타자들이 무엇을 좋아하는지, 싫어하는지 대강 알 수 있었다.

카메라가 삼열이 졸면서 연신 고개를 끄덕이는 모습을 보여주자 사람들이 웃으며 좋아했다. 다른 사람이 이런 모습을 보였으면 정신 상태가 어쩌고저쩌고 하는 소리가 나왔을 것이지만 악동이기에 오히려 재미난 에피소드로 이해한다.

악동은 사람들에게 존경을 받지는 못하지만 이해는 받는다. 게다가 삼열은 악동 이미지여도 사람들이 좋아할 만한 짓도 많이 해 팬들의 사랑을 많이 받았다.

졸다 보니 6회가 되었다. 점수는 여전히 4 : 1로 한국이 앞서가고 있었다. 바뀐 투수 박지연이 2이닝을 잘 던지고, 아웃카운트 한 개를 남겨놓고 만루를 만들어놓자 감독은 지체하지 않고 마운드로 올라갔다.

강기택 투수 코치가 삼열에게 마운드에 올라갈 수 있는가 물었다. 그는 누구보다도 삼열의 컨디션을 잘 알고 있었다. 시합이 없어도 가장 먼저 나와 몸을 풀고 있던 사람이 바로 삼열이었다.

삼열은 당연히 나갈 수 있다고 했다. 잘못하면 역전도 될 수 있는 위급한 상황이었다.

삼열은 마운드에 올라 공을 던졌다. 연습구를 모두 던지고 마운드에 서서 상대 타자를 노려보았다.

타석에는 3번 타자 이와무라 다조가 서 있었다. 이번 참가자 중 가장 타율이 좋고 야구 센스가 뛰어나다고 알려진 선수였다.

삼열은 공을 던졌다. 공이 빛처럼 날아가 미트에 꽂혔다.

관중석에서 함성이 터졌다.

"와아!"

"굉장해!"

"역시 강삼열이야!"

전광판에는 165㎞/h가 찍혔다. 한껏 달아오른 일본의 공격 의지는 전광판에 찍힌 삼열의 구속을 보고는 날개 꺾인 새처럼 추락했다.

그 모습을 보고 김성곤 감독이 미소를 지었다. 그도 이런 괴물은 처음이었다. 악동, 악동, 하기에 그런가 보다 했다. 협회에서 삼열을 추천했을 때 당연히 받아들였다. 위대한 업적을 쌓고 있는 메이저리거의 앞길을 축복해 주는 의미로 꼭 이겨서 당당히 병역의 의무로부터 그를 자유로워지게 해주고 싶었다.

물론 삼열은 병 때문에 면제가 확실했지만 아시안 게임에서 우승한다면 공식적으로 귀찮은 일들을 없앨 수 있다.

최고의 메이저리거. 단지 공 하나 던졌을 뿐인데 이런 위압감이라니.

"굉장하군요. 비교 불가라더니 그 말이 맞네요."

마침 그의 옆에 있던 타격 코치 조영필이 말했다. 김성곤 감독도 그의 말에 고개를 끄덕였다.

삼열이 대표팀 훈련에 합류했을 때 코치진에서 들어온 보고를 보고 김성곤 감독도 그가 연습하는 훈련장에 가보았다. 김명석 포수에게 던지는 공이 엄청났던 것을 기억했다.

그런데 오늘 그가 던지는 공은 그때와도 또 달랐다. 낮게 제구된 공이 그의 손끝에서 벗어나면 어느새 포수의 미트에 꽂히곤 했다. 특히나 큰 키에서 내리꽂히는 공의 위력은 무시무시했다.

이와무라는 눈을 깜박거렸다. 뭐가 날아온 것 같았는데 이미 끝나 버렸다. 그는 은근히 자신이 최고의 타자라고 생각하고 있었다.

일본 프로야구리그에서 오는 러브콜은 수도 없이 많았고 메이저리그에서도 오퍼가 몇 군데 들어왔다. 이번 아시안 게임에 나온 것은 자신의 실력을 알릴 수 있는 절호의 기회라고 생각했기 때문이었다. 그리고 몸값을 올릴 기회이기도 했다.

그런데 상대 투수가 던진 공이 제대로 보이지도 않았다. 수박씨보다 조금 큰 것이 번쩍하고 지나가고 끝이었다.

펑.

"스트라이크."

'젠장, 그 말이 사실이었구나.'

그는 삼열의 공이 타자들의 눈에 잘 보이지도 않는다는 말을 믿지 않았었다. 그는 다른 선수들보다 시력이 훨씬 좋았다.

그가 높은 타율을 낼 수 있었던 이유 중의 하나가 남들보다 노력을 많이 한 것도 있지만 월등한 시력 덕분이기도 했다.

다시 공이 날아왔다. 이와무라는 배트를 힘껏 휘둘렀지만 이미 공이 지나간 다음이었다. 포수가 공을 잡은 위치를 보니 이번에도 아까와 같은 위치에 들어간 낮은 직구였다.

이와무라는 타석을 벗어나 심호흡을 다시 하고 몸을 푼 뒤 타석에 들어섰다.

다시 공이 날아왔다. 그는 빠르게 배트를 휘둘렀다. 그런데 공이 타자 앞에서 활처럼 휘어졌다. 슬라이더보다는 약하지만 너무나 예리하게 꺾이는 공에 배트는 바람만 갈랐다.

커터였다.

삼구 삼진.

이와무라는 우두커니 타석에 서서 한동안 움직이지 못했다. 그 모습이 그대로 방송 중계로 나가자 사람들은 그제야 메이저리그 최고 투수의 위력을 실감할 수 있었다.

이번 아시안 게임은 장동필 아나운서와 전 야구 선수이지만 지금은 은퇴 후 오락 프로에 많이 나오는 양준영이 경기를 중계하고 있었다.

—어떻게 보십니까?

—못 치죠, 저런 공은. 165㎞/h의 공을 동양권 타자들이 치

기에는 무리가 있습니다. 일단 저렇게 던지는 투수 자체가 없으니까요. 150km/h만 넘어도 타자들은 치기 매우 힘듭니다. 투수가 항상 직구만 던지는 것이 아니니까요. 무슨 공이 오는지 모르니까 준비를 못 하죠.

—그렇군요.

—게다가 강삼열 선수가 초구를 스트라이크로 던졌으니 카운트가 불리해진 타자는 다음의 공은 거의 못 친다고 보시면 됩니다. 타자들이 안타를 치기 위해서는 대체로 다음에 어떤 공이 들어올 것이다, 하고 짐작을 해야 하는데 볼카운트가 불리하면 어떤 공이 들어올지 감이 전혀 안 옵니다.

—아, 그렇군요. 그럼 양준영 해설 위원이 현역 시절에 저런 공을 만났다면 어떻습니까?

—왜 이러세요. 아시면서.

양준영은 자신에게 불리한 아나운서의 멘트를 예능에서 배운 친근한 어투로 받아치며 넘어가 버렸다. 한마디로 말도 안 된다는 것이었다.

강기택 투수 코치가 삼열에게 다가와 더 던질 수 있냐고 조심스러운 표정으로 물었다.

"앞으로 9이닝도 더 던질 수 있습니다. 걱정하지 마세요."

"그렇군. 고맙게 생각하네. 이번 이닝에서 무척 수고했어."

강기택 코치의 각진 얼굴이 웃자 상당히 귀엽게 보였다. 원래 동그란 형태의 얼굴이 상대적으로 귀여운데 이렇게 각이 뚜렷한 얼굴이 귀엽게 보이기는 쉽지 않았다.

강기택은 삼열의 어깨를 두 번 두드려 주고 갔다. 삼열은 더그아웃에 앉아 6회 말 한국 팀의 공격을 바라보았다.

한껏 달아올랐던 일본 팀은 삼열이 나와 불을 끄자 급격히 가라앉았다.

이제 3이닝밖에 남지 않았는데 괴물 같은 삼열이 버티고 있으니 이기기 힘들다고 생각한 것이다. 그래서인지 새로 바뀐 투수가 초구에 안타를 맞고 말았다. 6회 말에 한국 팀은 2득점을 얻어 6 : 1이 되었다.

"자, 이제 나가볼까."

삼열은 의자에서 일어나 기지개를 켰다. 일본과 싸워서 이겨야 하는데 상대 팀의 수준이 문제였다. 아마추어를 상대로 공을 던지는 게 그다지 내키지 않았다. 하지만 일본에 지는 것은 생각할 수도 없다.

"파워 업!"

삼열은 티셔츠를 한 장이라도 더 팔아먹을 요량으로 카메라가 자신을 바라보자 웃으면서 파워 업 포즈를 친절하게 취해주었다.

삼열은 마운드에서 호흡을 골랐다. 상대 타자가 실력이 있든 없든 최선을 다해야 한다. 그것이 프로이니까. 삼열은 와인드업하고 공을 던졌다. 공이 날아가 포수의 미트에 번개처럼 꽂혔다.

펑.

"스트라이크."

160㎞/h의 공이 미트에 꽂히자 관중석에서는 다시 커다란 함성이 나왔다. 삼열의 이름을 외치는 소리와 파워 업을 외치는 소리가 뒤섞이면서 문학 구장은 뜨거운 열기로 달아올랐다.

삼열은 실업 팀 선수에게 혹시 실수로라도 점수를 내주면 온갖 비난을 들을 생각하자 몸이 저절로 흠칫 떨려왔다. 이겨도 자랑스럽지 않은, 지면 수치인 경기에서 삼열은 최선을 다해 공을 던졌다. 모든 공은 160㎞/h 전후에서 움직였다. 심지어 커터의 구속도 148㎞/h가 나왔다.

4번 타자 후지모니 소바, 5번 타자 노다 바큐, 7번 타자 야스모토 이치로를 모두 삼진으로 잡았다. 공도 열한 개밖에 던지지 않았다.

'호, 대단하군.'

김성곤 감독은 삼열의 삼진 퍼레이드를 보며 속으로 감탄했다. 어떻게 이런 투수가 대한민국에서 나왔는지 신기할 정도였다.

한국의 야구 수준이 야구계에서 트리플A 정도 대우를 받는다면 일본 야구는 트리플A와 메이저리그 중간 사이로 평가받는다. 그런데 삼열은 이들과는 차원이 다른 공을 던지니 저절로 감탄이 나왔던 것이다.

"대단하군요. 일본 타자들이 꼼짝을 못 하네요."

"누가 감히 치겠나. 저런 공을 말이지."

김성곤 감독은 강기택 투수 코치가 하는 말을 받아 대답했다. 삼열이 연습할 때와 마운드에 설 때의 분위기가 너무 차이 났다.

연습할 때도 물론 좋은 공을 던졌지만 마운드에 선 그는 난공불락의 요새 같았다. 사열은 마운드에 서 있는 것만으로도 엄청난 위압감을 주었다.

장동필 아나운서가 이닝이 바뀌자 양준영에게 말했다.

—이번 이닝에서 강삼열 선수가 간단하게 세 타자를 잡았는데 어떻게 보십니까?

—어떻게 보면 당연한 일입니다. 메이저리그에서 강삼열 선수가 올해 거둔 성적이 24승 3패 평균 자책점이 1.1입니다. 작년에는 0.98의 평균 자책점을 기록했으니 한마디로 엄청납니다. 올해에는 투수로서 트리플 크라운이 유력시되고 있는데 아직 모르죠. 강삼열 선수가 아시안 게임에 참가하면서 4게임

을 덜 뛰게 되니까 막판에 변수가 있을 수도 있습니다.

양준영이 안타까운 표정을 지었다. 그의 차분한 어조와 유머러스한 해설은 시청자들에게 편안히 다가갔다. 하지만 아무래도 전문적인 해설 위원이 아니라 조금 어설퍼 보였다.

트리플 크라운은 투수가 방어율, 다승, 탈삼진 부문에서 모두 1위를 해야 하는데, 2011년 LA 다저스의 클레이튼 커쇼가 21승 5패, 탈삼진 248개, 평균 자책점 2.28을 기록하여 트리플 크라운을 달성한 이후 아직까지 나오지 않았다.

올해에는 다승과 자책점 부문에서는 삼열이 확실한 1위이지만 삼진 부문에서는 R디메인이 거세게 추격하고 있었다.

삼열이 아시안 게임에 출전하기 전에는 R디메인보다 20개가 더 많은 252개의 삼진을 잡았다. 하지만 시즌 막판에 4게임을 불참하게 됨으로써 그 기록은 깨질 확률이 높았다.

어제 R디메인이 다저스와의 경기에서 열 개의 삼진을 잡아냄으로 삼진 개수가 242개가 되었기 때문에 이변이 없는 한 R디메인이 삼진왕 타이틀을 받을 것이다. 하지만 다승 부문은 2위가 18승이라 거의 삼열이 확정적이었다.

—삼진 부문은 R디메인이 바싹 따라온다는 말이 있더군요.

양준영은 장동필 아나운서의 말을 듣고는 급히 자료를 훑어보았다.

—그렇죠. 이제 삼열 선수와 R디메인과의 삼진 개수가 열

개 차로 좁혀졌는데요, R디메인이 2, 3게임 정도 더 던질 수 있다고 보면 삼진왕 타이틀은 그에게 돌아갈 것 같군요.

—아, 안타깝군요. 나라를 위해 경기에 나오느라 역사적인 트리플 크라운을 달성하지 못하다니요.

—지금의 삼열 선수의 능력이라면 올해가 아니라도 트리플 크라운을 조만간 달성하게 될 테니 조급하게 생각 안 해도 됩니다. 국가를 위해 선수가 뛰는 것은 당연한 일이고 개인의 영광은 뒤로 미룰 수밖에 없죠. 나라가 있어야 국민도 있고 팬도 있는 것이니까요. 그리고 강삼열 선수는 지금의 기록만으로도 대단합니다. 메이저리그 진출 2년 만에 벌써 47승을 거두지 않았습니까? 아, 강삼열 선수 무척 부럽습니다.

—아니, 양준영 씨도 한국 야구에서는 금자탑을 쌓으셨는데 겸손하시네요.

—장동필 아나운서님, 그런 것은 그다지 부럽지 않습니다.

—그럼 뭐가 부럽습니까?

—삼열 선수의 나이가 한국 나이로 스물셋 아닙니까? 그런데 벌써 결혼을 해서 2세도 곧 태어난다고 하니 그게 정말 부럽습니다.

—아니, 그러니까 양준영 선수도 빨리 결혼을 하셔야죠.

—제가 보기보다 숫기가 없어서 여자들이 있으면 말을 잘 못합니다.

—아니, 저번에 TV 연예 프로그램을 보니 말씀 잘하시던데요.

—아, 파란오렌지나 키라는 애기들이니까요. 걔들은 여자로 제 눈에 안 보이죠.

—아니, 그러면 한효준 양은 어떻게 된 것입니까?

—…그냥 팬으로서 좋아합니다.

—그분의 나이도 어리지 않습니까?

—그냥 팬으로서 아주 열렬하게 좋아할 뿐입니다.

—눈이 높아요, 높아. 아, 이제 한국 드림 팀의 공격이 시작되는군요. 어떻게 보십니까?

—야구라는 것이 한쪽이 잘나가면 다른 쪽도 영향을 받게 되어 있습니다. 마운드에서 삼열 선수가 버텨주면 타자들은 힘이 나게 됩니다. 자연 타격에도 자신감을 가지게 되죠.

—아, 그렇군요. 1번 타자 이동호 선수 타석에 들어오는군요.

장동필 아나운서가 이동호를 보고 말했다. 그가 배트를 머리 위로 흔들며 나왔던 것이다.

이동호는 삼열의 공을 보고 깊은 감명을 받았다. 무시무시한 공을 아무렇지도 않게 던지는 모습을 보니 오늘 경기는 반드시 이긴다는 생각이 들었다.

"파이팅! 홈런이나 하나 치자."

그가 타격 자세를 취하자 요시마 겐투 투수의 공이 날아왔다. 일본은 벌써 투수만 네 번째 바뀌었다. 공이 날카롭게 몸쪽으로 파고들었다.

펑.

"스트라이크."

이동호는 공이 낮게 들어오자 제대로 타격 포인트를 맞힐 수 없었다.

'×발, 독도는 우리 땅이야. 쪽발이는 가라.'

이동호는 가운데로 몰려 들어오는 두 번째 공을 노려보며 힘껏 배트를 휘둘렀다.

따악.

공이 우중간을 가로지르며 하늘 높이 떴다. 우익수 노다 바큐가 뛰어갔다. 그런데 충분히 잡힐 것 같았던 공이 갑자기 불어온 바람에 의해 펜스를 훌쩍 넘어갔다.

잡힐 줄 알았던 이동호는 홈런이 되자 환호하며 천천히 베이스를 돌았다. 우측 펜스 앞에서 노다 바큐가 망연한 자세로 서 있었다. 호감 가는 잘생긴 얼굴이 구겨지자 비열한 이미지로 바뀌었다. 이동호가 홈 베이스를 찍고 더그아웃에 들어가자 모두 나와서 그를 축하해 줬다.

"수고했어."

"오늘 한 건 했네, 축하해."

"한잔 사!"

모두 축하를 해줬다. 이동호는 기분이 좋았다. 독도는 우리 땅이라고 속으로 외치고 휘두른 배트에 홈런이 터진 것이었다.

김채민은 타석에 들어섰기에 말을 할 수 없었고, 그 뒤에서 배트를 휘두르며 대기 타석에 있던 3번 타자 박이완에게 이동호가 비법을 전수해 주었다.

김채민은 7구까지 간 끝에 내야 땅볼로 아웃되고 말았다. 박이완은 타석에 들어서며 이동호가 해준 말을 기억했다.

'독도는 우리 땅이라고 외치라고 했지.'

요시마 투수가 공을 던졌다. 빠르게 날아온 공을 노려보며 박이완은 중얼거렸다.

"×발 새끼들, 독도는 우리 땅이라고. 꺼져!"

주문을 외워서인지 손목에 힘이 들어가는 것이 느껴졌다. 전체적으로 온몸에 힘이 들어간 것 같아 힘차게 배트를 휘둘렀다.

딱.

박이완은 제자리에서 움직이지 않고 멀리 날아가는 공을 바라보았다. 좌측 펜스를 넘긴 홈런이었다.

"와아!"

"한국 팀 최고!"

"와우, 또 홈런이네."

관중석과 더그아웃에서 말도 안 된다는 듯 비명이 튀어나왔다. 박이완은 누상을 돌면서 생각했다.

'와! 독도는 우리 땅이라고 주문을 외웠더니 진짜 홈런이 나왔네. 다음 경기부터는 바로 써먹어야지.'

박이완은 베이스를 밟을 때마다 발끝에서 느껴지는 그 독특한 쾌감을 느끼며 홈으로 들어왔다.

"와아, 잘했어!"

"수고했어!"

다시 더그아웃에서 축하가 이어졌다. 박이완은 이동호의 옆에 앉으며 그 주문이 효과가 있다고 말해 주었다.

"정말로 독도는 우리 땅이라고 외치면서 배트를 휘둘렀더니 손목에 힘이 들어오더라고. 아, 정말 기분 좋네."

4번 타자 이대영이 그 소리를 듣고 중얼거렸다.

"나도 한번 해봐야지."

프로 야구 선수들은 미신에 잘 빠진다. 징크스도 일종의 미신을 믿는 행위인데 경쟁이 치열한 프로의 세계에서는 어쩔 수 없는 일이었다. 그런 것에 의지해서 조금이라도 도움이 된다면 환영을 받을 것이다.

박이완조차 홈런을 치고 나가자 일본은 포기라도 했는지

의욕이 확 꺾이고 말았다. 메이저리그에서 최고로 손꼽히는 투수가 던지고 있으니 의욕이 꺾이는 것은 당연하였다.

대부분 사회인 야구 팀으로 구성된 일본 팀 타자들이 메이저리거가 던지는 공을 공략할 수 있다고 믿는 것은 어불성설이다.

특히나 강한 자에게는 약하고 약한 자에게는 잔인하도록 강한 일본인의 특성상 그것은 있을 수 없는 일이었다.

이날 일본은 자멸했다.

삼열은 2와 1/3이닝 동안 던졌는데 삼진이 일곱 개였다. 일곱 타자를 상대해서 모두 삼진을 잡은 것이다. 이는 일본에게는 결코 질 수 없다는, 너희들의 현주소가 그것밖에 안 된다는 것을 보여주기 위한 조치였다.

경기는 9 : 1로 한국의 승리로 끝났다. 한국 팀은 태극기를 흔들며 그라운드를 돌았다. 마치 결승전에서 승리한 것 같았다. 관중석도 환호로 들썩였다. 반면 일본 응원석은 조용했다. 일부 일본 팬들은 얼굴을 찡그리며 침통한 표정이었고 일부 여성 팬은 울었다.

삼열은 경기가 끝나자 라커룸으로 들어갔다. 라커룸에서 서로 축하를 하며 웃으며 하이파이브를 하거나 어깨를 두드리며 승리의 즐거움을 누렸다.

"삼열아, 감독님이 인터뷰하라는데."

"아, 좀 그런데……."

"왜?"

"내가 인터뷰해 봐야 욕밖에 더 하겠어요?"

"어? 그런가?"

"너 인터뷰 멋지게 할 때도 많잖아."

"그건 그런데 오늘은 일본을 상대한 것이라 참는다고 참아도 욕이 나올 것 같아서요."

"하하, 그럼 욕하고 미국으로 튀어."

나성호 투수가 웃으며 이야기를 했다. 그 옆에서 귀를 쫑긋거리며 듣던 김명석도 고개를 끄덕였다. 악동 이미지니 욕한다고 더 망가질 것 같지는 않았다. 오늘같이 멋진 승리를 얻은 날에는 말이다.

한국의 매스컴은 삼열의 인터뷰를 하고 싶어 안달이 났다. 그래서 뒤로 압력을 넣고 있었다.

상대가 김성곤 감독이라 노골적으로 말은 못하지만 알게 모르게 압력을 넣었다. 그런데 김성곤 감독은 아주 쉽게 삼열의 인터뷰를 허락했다.

인터뷰가 시작되었다. 먼저 김성곤 감독이 나와서 질문하는 기자들에게 가볍게 소감을 말했다.

―오늘은 전반적으로 우리 선수들 모두 잘했습니다. 그리고 만루 상황에서 등판한 삼열이가 애를 많이 썼습니다. 국민들

의 성원에 힘입어 일본을 완파해서 기분이 좋습니다.

김성곤 감독이 인터뷰가 끝나자 기자들은 다른 선수들에게는 형식적으로 묻고 삼열에게 질문을 퍼부었다.

—오늘의 소감은 어떻습니까?

—그저 그렇습니다.

—네? 좀 더 자세히 말씀해 주실 수 없으십니까?

삼열은 기자의 말에 곤혹스러웠다. 한일 관계가 민감한 때인 데다 두 국가 간에는 해결하지 못한 일이 많아 요즘은 사이가 더욱 악화되었기 때문이다.

—일본에게 이기는 것은 조금도 자랑스럽지 않습니다. 일단 훌륭한 프로 선수들이 대부분 빠졌고, 실업 팀 수준의 선수들을 이긴다고 좋아하기엔 우리가 너무 잘합니다. 이 정도 하죠. 더 말을 하면 정치적인 발언이라고 트집 잡을 일본인들이 많을 테니까요.

—그게 무슨 말씀이시죠?

—그만 물어주시죠? 일본 기자도 아니면서 이러시면 안 되죠. 나중에 대회가 끝난 다음에 인터뷰해 주세요. 한국 팀에 피해를 주고 싶지는 않습니다.

××일보의 장일진 기자는 얼굴을 붉히며 삼열을 째려보았다. 삼열도 그를 노려보았다. 그는 삼열이 처음 도착했을 때 무례했던, 그 얼큰이 기자였다.

'아, 주먹이 운다.'

삼열은 얼굴이 유난히 큰 뱁새눈의 얼큰이를 보고는 주먹을 쥐었다 폈다 반복했다.

삼열은 인터뷰를 마치며 뒤돌아서면서 속으로 중얼거렸다.

'진짜 뒈지게 패고 싶네. 폭력을 부르는 얼굴이야.'

삼열은 주위에 팬으로 보이는 사람들이 보이자 가식적인 미소를 지으며 서둘러 호텔로 돌아왔다.

인상을 찡그리고 들어오는 삼열을 보며 마리아가 뛰어와 살짝 품에 안기며 말했다.

"여보, 안 좋은 일 있었어요?"

"오늘 일본 팀하고 경기해서 그래. 일본 사람들은 개인적으로는 상냥한 사람들이 많은데 모이면 이상해지는 사람들이라 피하고 싶었거든. 그런데 이상한 기자가 신경을 긁더군."

"자기, 당신은 마음이 넓은 사람이잖아요. 나에게 이렇게 친절하게 대해주는데. 그러니 넓은 마음으로 싹 무시하세요. 그게 당신 특기잖아요."

"하하, 그렇지. 그게 내 특기지."

삼열은 마리아의 어깨를 손으로 잡고 이마에 살짝 키스했다. 그는 마리아가 무슨 이야기를 하더라도 모두 들어줄 생각이다.

기분이 좋고 나쁘고를 떠나 꼭 그래야 했다. 그녀는 임신해서 불편한 몸에도 불구하고 자기와 떨어지지 않으려고 한국까지 왔으니 말이다.

몸이 힘들 텐데도 항상 자신에게 힘을 주는 말을 하는 마리아가 너무 고맙고 사랑스러워 슬며시 손을 잡았다.

"TV에 오늘 당신이 나오는 것 봤어요. 너무 멋졌어요. 아마도 당신에게 광고 몇 개가 더 들어올 것 같아요."

"정말?"

광고 계약이 들어올 수 있다는 말에 삼열이 언제 기분 나빴는가 하고 활짝 웃으며 좋아하자 마리아는 미소를 지었다. 마리아가 볼 때 삼열은 이상하리만치 돈을 밝혔다. 그러면서도 돈을 별로 쓰지도 않았다. 그 사실을 너무나 잘 알고 있는 마리아였기에 오늘 아시안 게임에 나오는 삼열의 투구 내용을 보고 한마디 한 것이다.

그녀는 한국 TV 채널을 보면서 아나운서와 해설자가 하는 말을 어렴풋하게 알아듣고는 한국 기업들이 삼열에게 접근할 것이라는 느낌을 받았다. 그들이 말끝마다, '대단해요, 믿을 수 없는 내용입니다'라고 하는 것을 들었기 때문이다.

탁월하다는 것은 그만큼 사람들의 관심을 끌게 마련이다. 그리고 이것은 광고주에게 가치 있다는 말과 같았다.

"여보, 내일은 시합이 없죠?"

"응. 우리 내일 놀러 갈까?"

"이 몸을 해서 가긴 어딜 가요. 그냥 당신하고 하루 종일 있게 되어서 좋다는 거죠."

마리아는 자신의 배를 앞으로 쑥 내밀며 방긋 웃었다. 삼열이 그녀의 손을 잡고 거실에서 애정 행각을 벌이며 소파에 앉아있자 사라가 기어코 한마디 했다.

"이봐요, 사위."

"네, 장모님. 말씀하시죠."

"나도 남편이 있는 몸이네."

"네? 그게 무슨 말씀이신지……."

삼열이 사라의 말에 어리둥절하자 마리아가 웃었다. 그리고 삼열의 귀에 나직하게 속삭였다.

"우리가 너무 다정해서 엄마가 질투하는 거예요."

"아하."

마리아의 말을 들은 삼열은 벌떡 일어나 사라를 껴안고 한마디 했다.

"장모님, 사랑합니다. 내일은 정말 멋진 곳으로 모시겠습니다."

"필요 없네. 딸이 싫다는데 엄마가 되어서 심심하다고 관광이나 가자고 말할 수는 없지 않나?"

삼열이 난처한 표정으로 있자 마리아가 배를 잡고 웃었다.

삼열은 마리아가 왜 웃는지 알 수가 없었다.

“마리아, 뭐가 웃겨?”

“호호, 엄마가 당신 놀리는 거예요. 엄마가 심심하기는 했나 봐요. 우리 내일 낮에 잠깐 외출해요. 됐죠, 엄마?”

“마리아, 난 그런 말을 한 적이 없다.”

“내가 가고 싶다고요.”

“뭐, 네가 그렇게까지 원한다면 따라가 줄 용의는 있구나.”

마리아가 사라에게 아양을 부리며 말하자 사라도 환하게 웃으며 좋아했다. 그 모습을 보고 삼열은 뭐가 뭔지 도무지 알 수가 없었다. 여자들의 대화는 아직도 정확히 이해하는 것이 어려웠다.

어쨌든 오늘은 피곤했다. 시합에 출전해서 피곤한 것이 아니라 한국의 기자들을 만나서 원하지 않은 말들을 해야 했기 때문에 피곤함을 더 느꼈는지도 몰랐다.

‘그 자식, 가만 안 있을 것 같은 눈초리였는데… 걸리기만 해봐.’

다음 날 아침에 일어나 식사를 하고 서울로 올라와 경복궁에 갔다.

한국에는 관광객이 많이 오기는 하지만 무슨 특별한 문화유산이 있어 그것을 보려고 한다기보다는 한류 때문이거나 쇼핑을 하기 위해 오는 사람들이 더 많다.

프랑스나 이탈리아처럼 세월 속에 빛나는 유산이 한국에는 많지 않다. 일본 놈들이 괜찮은 것은 다 몰래 집어갔기 때문이다.

세 사람은 경회루를 구경하였다. 이곳은 연못이 있어 경치가 뛰어난 곳이기는 하였지만 사라의 눈에는 그다지 대단해 보이지 않은 모양이었다.

"아름답구나."

그녀의 말투는 정말 아름다워서 하는 말이 아니었다.

'아니, 이 정도면 되었지, 뭘 또 바라시나?'

삼열은 아름다운 경복궁의 경관을 다시 바라보았다. 그러나 주위를 감싸고 있는 고층 건물을 보고는 입맛을 다셨다. 그러고 보니 워싱턴에 있는 장인의 저택에 이보다 더 아름다운 건물이 많았던 것이 생각났다.

'잘못 골랐구나. 인사동이나 갈걸.'

이렇게 한적한 곳을 산책하듯 걷는 것은 사라에게 별다른 감흥을 주지 못한다는 것을 깨닫고 삼열은 재빨리 경복궁을 떠나 인사동으로 갔다. 아름다운 경복궁이 장모에게 별다른 감흥을 주지 못했다는 것은 삼열에게 다소 충격이었다.

인사동에 도착해 사람들로 가득한 거리를 보더니 사라는 비로소 좋아했다. 외국인도 많고 거리도 깨끗하게 잘 정비되어 있어서 그녀의 관심을 끌었던 것이다.

사라는 지나가는 외국 사람들과 인사를 하며 이야기를 나눴다. 가끔 불어와 이태리어도 사용하는 사라를 보며 삼열은 그녀가 원한 것이 관광이 아니라 사람들과 이야기하는 것이었음을 깨달았다.

딸의 건강이 염려되어 따라왔지만 하루 종일 내내 스위트룸에 갇혀 있자니 활달한 성품의 그녀가 답답함을 느낀 것이었다.

사라는 상점의 목기 세트를 보고 좋아했다. 길거리 음식도 줄을 서서 사 먹었다. 전통 찻집도 있고 민속 주점도 있지만 사라는 굳이 맥주 먹기를 고집했다. 그 모습을 보며 마리아가 웃었다.

"엄마는 잘 모르는 음식은 안 먹어요."

"그렇지만 아까 그 길거리 음식은 드셨잖아."

"그건 아빠에게 자랑하려고 그런 거고요. 호호, 엄마를 잘 모르는 사람은 오해하기 쉬워요. 여기는 아기자기한 것이 많잖아요. 공방, 전시관, 음식점, 사람들. 아까 그 궁궐은 예뻤지만 그것을 말로 표현하기는 힘들잖아요. 하지만 이곳은 아주 쉽게, 그리고 자세하게 표현할 수 있으니 엄마가 좋아하는 거죠."

"…그런 거야?"

"네."

삼열은 마리아의 설명을 들어도 이해가 잘되지 않았다. 그러자 마리아가 조금 더 자세하게 설명했다.

"아빠는 엄마와 떨어지는 것을 싫어해요. 그런데 엄마가 여기 왔으니 아빠는 심술이 났겠죠. 그래서 엄마는 아빠에게 얘깃거리가 필요했던 거예요. 호텔에만 있다가 왔다는 말을 하면 아빠가 당신을 싫어하실 것이 분명하니까. 그리고 엄마는 이런 아기자기한 곳을 좋아해요. 아름다운 곳보다는."

"아… 그렇군요."

"네."

마리아가 반달 모양의 눈을 살짝 감고 미소를 지었다. 그 모습이 너무 예뻐 삼열은 주위에 사람들이 많았음에도 마리아를 덥석 안았다.

"어머, 사람들이 봐요."

마리아는 부끄러워하면서도 삼열의 품을 벗어나지 않았다. 삼열은 인사동 거리에서 식사를 맛있게 하는 사라를 의아하게 바라보았다. 호텔의 특식 요리보다도 더 맛있게 먹는 모습이 의아했던 것이다.

점심을 먹고 길거리를 거닐며 전통 공예점을 구경하는데 마리아가 작은 소리로 삼열에게 속닥였다.

"여보, 엄마가 뭘 좋아하는지 눈여겨보고 있다가 사서 선물

하세요. 엄마는 선물 받는 것을 아주 좋아해요."

"그래……?"

삼열은 엄청난 부자인 장모가 이렇게 작은 공예품들을 좋아할 것이라고는 생각도 하지 못했다.

사라의 목에 걸린 아름다운 목걸이 하나만 팔아도 수억 원은 할 것 같았기 때문이다. 그녀가 입고 있는 옷도 이탈리아 장인이 만든 수제품이다.

대중에게 잘 알려진 그런 명품이 아니라 말 그대로 장인에게 주문 생산한 '작품'들이었다.

삼열은 주위를 경호하는 사람들을 바라보았다.

비서로 보이는 여성 두 명이, 그리고 가까이에 남자 경호원 하나가 있었을 뿐 대부분의 경호 요원들은 멀찍이 떨어져 있었다. 사라가 물건을 사면 가까이에 있는 수행 여비서에게 주는 것이 아니라 가장 외곽에 있는 경호원에게 맡겨졌다.

'이 여자들도 경호원?'

삼열은 부드러운 인상의 두 여자를 바라보며 그런 생각을 했다. 그렇지 않다면 외곽 경호원이 너무 멀리 떨어져 있기 때문이었다.

마리아의 말대로 사라가 좋아하는 물건이 있으면 봐두었다가 사서 선물로 드렸더니 매우 좋아하였다. 정말 의외의 연속이었다.

모든 것을 가지고 있을 것 같은 장모가 작은 선물에 이렇게 좋아할 것이라고는 전혀 예상도 못 했다.

장모를 모시고 하는 한국 관광은 생각보다 너무 재미있었다. 어떤 면에서는 사라가 마리아보다 더 어려 보이는 행동도 가끔 하곤 했다.

"엄마는 외할아버지의 과보호 속에 자라서 이런 것을 못 해봤어요. 아빠와 결혼하고서도 항상 사람들의 눈을 의식해야 했으니까요. 엄마에게는 평범한 일상에 대한 동경이 있어요."

삼열은 마리아의 말을 듣고서야 사라의 행동이 이해가 갔다. 마크 트웨인이 쓴 『왕자와 거지』에서 왕자가 왕궁을 벗어나 세상을 구경하고 싶어 했던 것처럼 귀하게 자란 사라는 평범한 일상을 동경하게 된 것인지도 모른다. 그렇지 못한 사람이 여유 있고 부유한 삶을 동경하듯 말이다.

원래 짧게 한국 관광을 하려던 계획에서 벗어나 세 사람은 인사동에서 저녁까지 먹고 호텔로 돌아갔다.

4. 준결승 : 중국전

아침에 일어난 삼열은 몸을 풀고 식사를 하자마자 호텔이 제공하는 피트니스 센터에서 달리고 또 달렸다. 그리고 점심을 먹고 4강전에 참가하기 위해 문학 구장으로 갔다.

중국과 4강 경기가 벌어지는 오늘은 한국 팀의 압승이 예상되었다.

한국은 3연승으로 4강에 올라왔고 중국은 2승 1패로 올라왔다.

오늘 선발은 송치호이며 중국 팀의 선발은 루 창룽이다.

송치호는 LG의 차세대 에이스로 예약되어 있는 상태였다.

아직 관록이 부족하여 전면에 나설 수는 없지만 2, 3년만 지나도 1선발이 될 것이 확실하였다. 루 챵룽은 서남화북 지구의 톈진 라이온스 소속 선수다.

중국은 일곱 개의 프로 야구 팀이 있으며 서남화북 지구에는 세 개의 팀이, 동남화북 지구에는 네 개의 팀이 소속되어 있다.

각 팀은 한 해 최종 21경기를 치르게 된다.

말이 프로 팀이지, 한국으로 따지면 세미프로라고 보는 것이 더 정확하다.

비록 중국 팀은 홍콩 팀을 압도적으로 이기고 와서 사람들을 놀라게 했지만, 그래도 한국에 비해 한 수 아래였다. 한 해 21경기를 하는 중국 선수들과 136경기를 하는 한국 선수들을 비교하기는 곤란하다.

이번 경기는 중국이 홈팀이어서 한국 선수들이 먼저 공격을 하게 된다. 삼열은 시합이 시작되고 마운드에서 공을 던지는 루 챵룽을 바라보았다.

연습구를 던질 때 흘깃 보았지만 직구가 빠르고 변화구가 좋은 선수였다. 게다가 키도 186이라 오버핸드로 던지는 공이 상당히 위력적이었다.

하지만 공략이 그다지 어려워 보이지는 않았다. 실력도 한국 선수들이 높고 무엇보다 한국 팀만큼 승리를 절실히 원하는 팀은 없기 때문이다.

이동호가 동료들의 응원을 받으며 타석에 들어섰다. 작은 키의 그가 타석에 서자 마운드에 있는 루 창룽의 키가 더 커 보였다.

이동호는 타석에서 호흡을 크게 하고 배트를 곧추세웠다. 그러자 투수가 던진 공이 날아왔다. 이동호는 힘껏 배트를 휘둘렀다. 공이 배트를 스칠 듯 지나갔다.

펑.

"스트라이크."

이동호는 타석을 잠시 벗어나 배트를 두 번 휘두르고는 다시 타석에 섰다. 구속은 그다지 빠르지 않은데 공 끝이 좋고 묵직했다. 전광판에는 조금 전에 던진 공의 구속이 139㎞/h라고 나와 있었다.

'신중해야 되겠군.'

이동호는 상대 투수에 대한 비디오를 보았지만, 그것은 이번 아시안 게임에서 경기한 내용이었다.

한 해에 21경기밖에 치르지 않는 중국 팀이라 해당 선수에 대한 자료를 구하기가 어려웠고, 또 구해도 크게 도움이 되지 않았다.

왜냐하면 해당 선수가 출전한 한두 경기를 분석해 봐야 제대로 된 내용이 나오기 힘들기 때문이다.

"동호야, 홈런 때려라."

"이동호, 파이팅!"

이동호는 2구째에는 그대로 서 있었다. 스트라이크 존을 크게 벗어나는 볼이었다.

원 스트라이크 원 볼.

이동호는 상대 투수가 자기와 승부할 것이라고 확신했다.

1번 타자와 승부를 피하는 투수란 거의 없다. 특히나 못하는 팀의 투수는 반드시 1번 타자와 승부해야 한다. 그렇지 않을 경우 대량 실점의 빌미가 되기 때문이다.

루 챵룽이 다시 공을 던졌다. 낮게 제구된 공이었으나 스트라이크 존을 벗어났다. 이동호는 몸을 움찔했지만 배트를 휘두르지 않았다.

원 스트라이크 투 볼.

'이번에 승부할 거야. 직구일 가능성이 높지.'

이동호는 배트를 잡은 손목에 힘을 주고 상대 투수를 노려보았다. 다시 공이 날아왔다. 빠르고 무거운 공이었지만 정직하게 가운데로 파고드는 공이었다. 이런 공이야말로 모든 타자가 좋아하는 공이다.

이동호는 재빠르게 배트를 휘둘렀다.

딱.

공이 우익수 뒤로 빠지는 깊은 안타였다. 이동호가 2루까지 뛰려는데 1루 코치가 막았다.

이동호는 1루에 서서 외야를 바라보았다. 우익수 페이 팽이 재빠르게 공을 잡아 2루로 송구하였다. 뛰었다면 아웃이 되었을 것이다.

삼열은 페이 팽이 수비하는 모습을 보았다.

비록 첫 번째 공이 떨어지는 지점은 놓쳤지만 재빠르게 공을 찾아 2루로 송구하는 침착한 모습을 보고는 고개를 끄덕였다. 적어도 그는 기초가 튼튼하고 강한 어깨를 가진 선수였다.

중국이 홍콩을 8 : 2로 이기고 올라왔다는 말을 들었을 때는 의아했었는데 확실히 실력이 있는 팀이었다. 야구는 수비를 잘해야 이길 수 있다.

안타를 맞고 점수를 내줘도 수비 실책이 없으면 큰 점수를 주지 않는다. 그렇게 되면 언제든지 역전할 기회가 있다.

"오늘 경기 재미있게 생겼네요."

송치호가 삼열의 옆에서 어깨를 만지며 근육을 이완시키면서 말했다.

"걱정하지 말고 던져. 우리가 이길 테니까."

"당연히 그래야죠."

송치호가 주먹을 불끈 쥐고 웃으며 말했다.

2번 타자는 외야 플라이로 아웃되었다. 이어 나온 3번 타자 박이완은 루 챵룽이 던진 커브가 밋밋하게 들어오자 배트를 힘껏 휘둘렀다.

따악.

배트의 중앙에 정확히 맞은 공은 우측 펜스를 그대로 넘어갔다.

“와아, 홈런!”

“홈런!”

“이완이 오늘 필 받았네.”

박이완은 관중의 일방적인 환호를 받으며 베이스를 돌아 홈으로 들어왔다. 일찍 터진 점수에 한국 팀은 오늘 경기를 낙관했다.

루 챵룽은 멍하게 마운드에 서서 땅을 바라보았다. 공이 손끝을 빠져나갈 때 손가락이 실밥을 제대로 잡아채지 못했다. 그래서 던지자마자 아차 싶었는데 바로 안타를 맞았다. 그것도 홈런으로 말이다.

루 챵룽은 주위를 둘러보았다. 모두가 상대 팀을 응원하는 사람들뿐이었다. 잠시 머리가 빙글빙글 도는 듯 어지러워져서 호흡을 가다듬었다.

그는 잠시 그대로 서서 호흡을 골랐다.

4번 타자 이대영이 나와 타석에 들어섰다. 루 챵룽은 이대영을 바라보며 힘껏 공을 던졌다. 그러고는 그대로 마운드에 쓰러졌다.

"뭐야!"

"사고다."

사람들은 웅성거리며 쓰러진 루 챵룽을 걱정스러운 눈으로 바라보았다. 경기는 즉각 중단되고 의료진이 급하게 마운드로 뛰어갔다.

문학 구장에 모인 관중들뿐만 아니라 TV를 시청하던 사람들조차 무슨 일이 일어났는지 몰라 어리둥절했다. 너무나 갑자기 벌어진 일이었다.

삼열은 루 챵룽이 공을 던질 때 안색이 갑자기 창백해진 것을 보고 투수에게 문제가 생긴 것을 알아챘다. 아니나 다를까, 투수는 공을 던지자마자 마운드에서 그대로 쓰러지고 말았다.

그가 던진 공은 중간에 떨어져 바닥에서 구르기 시작했다. 타석의 이대영은 배트를 휘두르지도 못하고 그대로 입을 벌리고 멍한 표정을 지으며 마운드를 바라보았다.

사람들은 왜 루 챵룽이 쓰러졌는지 궁금해했다. 하지만 지금으로서는 알 수 있을 리 만무하였다. 삼열은 임수혁 선수가 생각났다.

2000년 4월에 롯데의 임수혁 선수는 LG와의 경기 중에 1루에서 2루로 진루한 후 2루 베이스 위에서 갑자기 쓰러졌다. 그는 이때 심폐소생술이 늦어 식물인간으로 10년 동안 병상에 있다가 2010년에 사망했다.

이와 비슷하게 시합 중에 사망한 사건은 축구가 좀 더 많았다. 축구 선수 중에는 이탈리아의 모로시니, 카메룬의 비비앙 푀, 헝가리의 페헤르, 스페인의 푸에르타 등이 사망했다. 모두 심장마비였다.

메이저리그에서는 심장마비가 아닌 사고로, 클리블랜드 인디언스의 레이 채프먼이 1920년에 양키스와의 경기 중 칼 메이스 투수가 던진 공에 머리를 맞아 사망한 사건이 있다. 이때는 타자가 안전모를 착용하기 전이었다.

이후에 메이저리그에서 선수가 시합 중 사망한 사건은 나오지 않았다.

삼열은 경기보다는 루 챵룽이 더 걱정되었다. 중국 사람을 별로 좋아하지는 않지만 같은 선수라는 묘한 유대감 때문인지 그가 무사했으면 하고 바랐다.

경기는 다시 속개되었지만 조금 맥이 빠진 상태로 진행되었다. 송치호가 7회까지 무실점으로 호투하면서 중국을 6 : 0으로 이겼다.

저녁에 호텔로 들어오니 마리아가 삼열을 반기며 오늘 사고에 대해 걱정하였다.

"여보, 당신도 조심하세요."

"걱정하지 마. 나는 가늘고 길게 사는 게 목표인 사람이니까."

"오랫동안 나랑 행복하게 살아야 해요."

"응. 당연하지. 당신은 내 유일한 가족이니까."

삼열의 말을 듣고 마리아는 그의 손을 꼭 잡았다. 가족이라는 말이 삼열에게 무엇을 의미하는지 아는 마리아로서는 행복했다. 마리아는 오늘의 경기를 보는 도중에 루 챵룽이 마운드에서 쓰러지는 것을 보고 얼마나 놀랐는지 몰랐다.

"어떻게 되었대?"

삼열이 마리아에게 물었다.

"아, 그 선수 괜찮은 모양이에요."

"그래? 정말 다행이네."

삼열은 물을 마시고 거실에 있는 TV를 켜서 뉴스를 보았다. 마침 아나운서가 루 챵룽이 병원에서 깨어났으며 건강에 이상이 없다고 했다. 빠른 응급조치가 루 챵룽을 살린 것이다.

삼열은 그가 무사하다는 소식에 안도하였다. 시합 중에 누군가가 죽는다는 것은 그 사람이 누구라도 불행한 일이다.

그런데 자고 일어나니 모든 것이 달라졌다. 당초(當初) 별 관심을 받지 못하고 있던 아시안 게임 야구가 하루아침에 최고의 관심사가 되어버린 것이다.

이는 삼열의 선발 등판이 예고된 상황에 상대 국가가 일본이라는 것 때문이었다.

삼열이 예선 경기에서 2와 1/3이닝에 등판해 일곱 개의 삼진을 잡아내자 야구팬들은 그에게 열광했다. 메이저리그 최고 투수의 경기를 한국에서 볼 수 있게 되자 티켓 매진이 순식간에 이루어졌다.

5. 결승 : 일본전

결승전이 열리는 10월 2일. 아직 경기가 시작되려면 한참이나 남았지만 문학 구장에는 삼삼오오 사람들이 모이고 있었다. 그리고 두 시간 전인 오후 다섯 시에 경기장이 개방되자 수천 명의 관중이 한꺼번에 들어왔다. 삼열은 아침 일찍 몸을 풀고는 오후가 되자마자 경기장에 도착하였다.

10월의 푸르른 하늘이 눈에 들어올 듯 투명한 오후에 삼열은 오늘의 컨디션을 완벽하게 만들기 시작했다. 중요한 경기라 긴장이 안 되는 것은 아니었지만 그의 뛰어난 정신력은 이런 모든 것을 무시했다.

삼열은 마운드에 서서 호흡을 가다듬었다. 이제 시작되는 경기 결과에 따라 24명 선수의 미래가 바뀔 것이다. 축구와 달리 야구는 국가대표 선수로 뛸 경기가 많지 않다. 또 국민의 관심도 많지 않았다.

하지만 오늘은 모든 것이 달라졌다. 야구에 대한 관심은 폭발적으로 증가했다. 그것은 삼열이 한 말이 한몫했다.

그는 트위터에 '일본 선수들? 단 한 명도 1루에 나가지 못할 것이다'라고 적어 사회적 파장을 불러일으켰다.

일본 매스컴들은 오만하고 무례한 말이라고 하면서도 일본 선수들이 아마추어인데 메이저리그의 투수가 이겨도 하나도 영광스럽지 않은 일이라고 격하시켰다.

하지만 아무리 그렇다고 하더라도 결승에서 퍼펙트게임으로 지게 되면 문제가 된다는 의견이 주류를 이루었다. 신문과 매스컴의 논조는 왜 일본은 프로 선수가 아시안 게임에 나가지 않았느냐 하는 질책도 있었다.

한일 간의 긴장 관계는 2014년에도 바뀌지 않았다. 일본은 위안부 문제는 부인하면서 독도 문제를 이슈화하려는 전략을 계속 고수해 나갔다. 위안부 문제에 붙잡혀 있을수록 일본에 불리하므로 양국의 문제를 다른 곳으로 돌릴 필요가 있었다.

해양자원에 대한 광범위한 지식을 가지고 있는 일본으로서는 독도에 대한 주장을 계속 반복할 수밖에 없다. 바다에는 무엇이 묻혀 있는지 정확하게 모른다. 지금까지 파악된 것만으로 독도 근처의 지하자원은 엄청났다. 일본의 목적은 독도가 아니라 독도 근처에 묻혀 있는 지하자원이다. 게다가 해상의 영해도 국가에게는 중요한 것이었다.

일본에게 절대 질 수 없다는 경쟁의식은 삼열의 말에 의해 도화선에 불을 붙은 다이너마이트처럼 요란하게 사람들의 의식에서 터졌다.

져도 좋다. 단, 일본에게 져서는 안 된다.

이것이 지금 대부분의 한국 사람들이 가지는 의식이다. 덕분에 오늘 경기는 예정에도 없던 유명 정치인들이 대거 관람한다. 한국의 여야 정치인은 물론 마침 한국에 와있던 일본의 관방장관마저 참가한다는 말이 있었다. 삼열은 그 말을 듣고 피식 웃었다.

'누가 오든 무슨 상관이야. 그놈들이 공을 던질 것도 아니고 말이지.'

삼열은 가볍게 스트레칭을 한 후 공을 던졌다. 손끝에 걸리는 공의 실밥이 아주 좋았다. 오늘은 컨디션이 말할 수 없이 좋았다.

삼열은 원래 애국심 자체가 없었다. 국가가 자신에게 해준 것이 없는데 무슨 애국심이냐 했다. 그런데 오늘 아침 일어나니 일본전에는 결코 질 수 없다는 이상한 자존심이 생겼다.

이겨도 그냥 이겨선 곤란했다.

오늘 경기는 마리아와 사라도 문학 구장으로 직접 와서 본다고 했다. 약간은 걱정되었지만 경호원이 있기에 말리지는 않았다. 점점 배가 나오는 마리아를 볼 때마다 태어날 아기에 대한 기대도 나날이 커져갔다.

삼열이 묵묵히 포수와 함께 손발을 맞춰보는데 선수들도 나와 몸을 풀기 시작했다. 단체로 모여 몸을 푸는데 삼열은 물론 제외였다. 이미 몸을 풀었기에 더 풀 것도 없었기 때문이다.

KBC 방송사는 아시안 게임 한일전 단독 중계를 하게 되자 회심의 미소를 지었다. 지상파 방송 3사가 모여 뽑기를 했는데 KBC가 당첨되었던 것이다.

삼열이 한국에 도착한 후 매스컴에 노출되고 나서부터 광고는 순식간에 마감되었다. 광고료도 거의 배 가까이 올랐지만 누구 하나 불평하지 않았다.

삼열에게 가지는 국민의 관심은 엄청났다. 단순히 한국인으로서 메이저리그의 스타가 되어서가 아니었다. 어린 나이에 부모를 잃고 고아가 되고 친척에게 사기를 당한 일이 언론에 알려지자 자식을 가진 부모들은 한결같이 삼열을 지지하며 그의 팬이 되었다.

그것만 해도 끔찍한데 불치의 병에 걸렸다가 완치되는 일까지 있었으니 대중의 관심은 연민에서 열망으로 변했다.

고아에 불치병을 가진 삼열이 절망하지 않고 행복하게 사는 모습을 보며 감동하지 않을 사람은 거의 없었다.

삼열은 마운드에서 내려오면서 천천히 팔을 휘둘렀다. 1루에서부터 관중석이 차기 시작했다.

"형, 긴장되지 않아요?"

"항상 되지, 긴장은. 하지만 실력으로 밀고 나가야지."

"아, 나는 어제 중국전에서 엄청나게 긴장을 해서 시합 끝나고 나서 한동안 움직이지도 못했어요."

송치호가 웃으며 삼열에게 말했다. 삼열은 송치호에게 고마운 마음이 들었다. 그는 학년은 같지만 나이가 한 살 많다고 학창 시절 내내 형이라고 꼬박꼬박 불러주며 친동생처럼 살갑게 굴었었다.

이제 그도 LG 트윈스에서 충분히 제 몫을 하는 투수가 되었다. 비록 짧은 시절이었지만 같은 추억을 공유하고 있는 그가 남 같지 않았다. 그를 보니 입가에 미소가 저절로 걸렸다.

"형, 그런데 결승전에서는 사사키 오치로 선수가 던진다는데요."

"사사키?"

"아, 형은 모르겠구나. 이번에 뉴욕 메츠에 500만 달러의 계약금을 받고 입단하는 모양이던데요? 150㎞/h의 직구와 날카로운 슬라이더, 그리고 체인지업이 주 무기인 모양인데, 그 선수가 나오면 우리 팀의 타자들도 쉽지가 않을 거예요."

삼열은 그제야 생각났다. 일본 팀의 에이스 투수가 손가락 부상으로 아직까지 등판하지 않았다고 하더니, 그 선수인 모양이었다.

일본은 결승전까지 그가 등판할 필요가 없었다. 한국전을 제외하고는 제대로 된 라이벌이 없었으니 결승전에 가기 전까지의 경기는 의미가 없었기 때문이다.

일본은 타이베이를 3 : 0으로 이기고 결승에 올라왔다.

'재미있겠네.'

삼열은 승부욕에 불타오르기 시작했다. 라이벌이 없어도 항상 최선을 다하는 그였지만 이렇게 정상급 투수와 대결하게 되면 경기에 더 집중할 수 있어 성적이 더 좋다.

삼열은 귀빈석에 마리아와 사라가 앉아 있는 것을 바라보았다. 주위에 경호원들이 있어 마음이 놓였다.

시간이 지나면서 입추의 여지가 없을 정도로 관중석이 가득 찼다.

삼열은 오늘 반드시 이길 것이라고 마인드컨트롤을 했다. 웬만한 경기에는 이제 이런 마인드컨트롤이 필요하지 않았지만 선수들의 병역 문제가 걸려 있어 특별히 마음을 안정시킬 필요가 있었다.

사람들은 정말 삼열이 퍼펙트게임을 하게 될지, 오늘 경기에 굉장한 관심을 가지고 있었다. 하지만 삼열은 자신이 트위터에 말한 퍼펙트게임은 잊은 지 오래였다. 퍼펙트게임은 자신이 한다고 되는 것이 아니었기 때문이다.

"파워 업!"

삼열이 큰 소리로 외치자 1루석의 관중들이 그를 바라보았다. 그리고 관중석에서도 파워 업 소리가 터져 나왔다. 귀빈석의 마리아도 삼열을 따라 힘차게 파워 업을 외쳤다.

—아, 경기 시작되었습니다. 오늘 정말 흥미로운 경기가 되겠는데요. 우리 팀의 선발인 메이저리그 최고의 투수인 강삼열 선수와 뉴욕 메츠와 계약을 맺은 미래의 메이저리거 간의 경기라는 사실도 그렇고요. 두 선수 모두 결승전 외에는 특별히 다른 경기를 치르지 않은 점도 비슷합니다. 강삼열 선수는 예선전에 잠시 나와 던진 것 외에는 선발에 나오지 않았습니다.

—오늘 사사키 선수의 공이 문제입니다. 강삼열 선수의 공이야 이미 한 번 경험한 일본 선수들이지만, 한국 선수들은 사사키의 공을 경험하지 못한 것이 문제가 될 수 있을 것 같습니다.

장동필 아나운서와 양준영이 방송을 시작했다. 오늘은 다른 날과 달리 30분 전부터 방송을 하고 있었다. 중간중간 다른 종목에서 메달을 딴 선수들의 경기가 방송되기는 했지만 이후부터는 야구만 방송될 것이다.

—일본 팀의 선공으로 경기가 시작하는군요. 강삼열 선수 마운드에 섰습니다. 강삼열 선수가 마운드에 서니 꽉 차 보이는군요.

—강삼열 선수의 키가 197㎝입니다. 처음에는 조금 왜소한 체구였지만 이후 꾸준한 운동으로 인해 몸이 불었습니다. 이제는 몸의 상태로만 보면 메이저리그의 어떤 선수와 비교를 해도 지지 않을 정도로 단단해졌어요.

—그렇습니다. 메이저리그 2년 연속 사이영상이 확실시되는 선수가 허약하다는 것은 말이 안 되지요.

—강삼열 선수는 굉장한 연습광으로 알려져 있습니다. 그렇지 않습니까?

—네, 물론이지요. 아! 강삼열 선수, 제1구 던졌습니다. 날카로운 공입니다. 스트라이크입니다. 양준영 위원님, 어떻습니까?

—제가 투수 출신이 아니라 정확하게는 말씀드리지 못합니다만 커터 같습니다. 직구의 투구폼으로 던졌는데 공이 타자 앞에서 슬라이더처럼 옆으로 휘지 않습니까? 컷 패스트볼이 맞는 것 같습니다. 굉장한 공입니다. 타자가 배트를 내밀지도

못하고 그대로 서서 스트라이크를 당했습니다.

삼열은 마운드에 서서 1번 타자 요시무라 호치를 바라보았다. 까다로운 선수라 진루를 시키면 투수를 괴롭히는 전형적인 1번 타자였다. 삼열은 그것을 떠나 그 어떤 일본 타자라도 진루시킬 마음이 없었다.

요시무라는 삼열을 노려보았다. 지난 경기에 한 번 경험했지만 정말 무시무시한 공을 던지는 투수였다.

'반드시 치고 말겠어!'

요시무라는 아까 본 사람들을 기억했다. 오늘 귀빈석에서 경기를 관람하는 일본 관방장관과 정치인들이 부담스러웠다. 그가 생각하기로는 이기기 힘든 경기에 그들이 와서 관람하는 것은 무언의 압력이다. 하지만 상대는 메이저리그의 최고 투수.

'젠장. 독도 따위는 아무나 가지라고 해.'

요시무라는 배트를 크게 휘둘렀다.

딱.

공이 배트의 밑에 맞아 위로 떴다. 요시무라는 재빨리 1루로 뛰었다. 삼열은 앞으로 굴러온 공을 잡아 1루로 던졌다.

삼열은 요시무라를 투수 앞 땅볼로 처리하고 타석에 들어오는 요시다 조토를 바라보았다. 잔뜩 어깨를 움츠리고 들어오는 그를 바라보며 삼열은 공을 던졌다. 공이 바람처럼 자유롭고 섬광처럼 빠르게 날아가 그대로 포수의 미트에 박혔다.

펑.

"스트라이크."

요시다는 번쩍 하고 자신의 앞을 스치고 지나간 공을 바라보았다. 지난번에도 경험했지만 이런 공은 정말 공포스럽다. 마음으로 아무리 마인드 컨트롤을 해도 공이 무시무시한 속도로 지나가면 척추를 통해 전해져 오는 섬뜩한 느낌에 절로 땀이 난다.

요시다는 제2구를 노려 쳤다. 기다려 봐야 삼진밖에 당하지 않는다는 것을 지난번 경기에서 철저하게 깨달았기 때문이다.

딱.

공이 배트를 빗겨 맞아 위로 튕겨 올라갔다. 포수가 마스크를 재빨리 벗고 1루 쪽으로 뛰어갔다. 공이 그의 미트 안으로 떨어졌다.

"아웃."

요시다는 고개를 숙이고 더그아웃으로 들어갔다. 오늘은 왠지 기분이 좋지 않은 날이다.

일본 팀에게 공포가 시작되었다. 지난 경기에서도 그랬지만 일본 타자들은 메이저리거인 삼열의 공에 손도 대지 못했다.

메이저리그 데뷔 첫해에 사이영상을 수상했으며 올해도 변함없이 사이영상을 받게 될 것이라는 보도가 나오고 있었다. 메이저리그 24승의 투수이며 평균 자책점도 1.1인 괴물 투수의 공에 지레 겁을 집어먹기 시작한 것이다.

3번 타자 이와무라 다조마저 3구 삼진을 당하자 일본의 더그아웃에서는 깊은 한숨이 터져 나왔다.

일본 팀의 감독 고로스케 쇼치 감독은 인상을 구겼다. 1회초의 공격이 너무 쉽게 끝난 것이 문제가 아니었다. 선수들이 상대 투수의 명성에 겁을 집어먹기 시작한 것이 더 문제였다.

그렇다고 이것을 정신력으로 해결할 수 있는 문제도 아니었다. 160㎞/h 전후로 날아드는 공도 문제였지만 더 큰 문제는 칼날 같은 제구력이었다. 이런 공은 쉽게 공략할 수 없다.

사실 일본 야구가 한국보다 한 수 위이긴 하지만, 그렇다고 160㎞/h를 아무렇게나 던지는 투수는 없다. 메이저리그에서조차 제구력이 되는 투수라는 전제하에 직구가 150㎞/h만 나와도 정상급 투수로 대우한다.

"힘들겠네요."

고로스케 쇼치 감독의 옆에서 기술 코치로 있는 나카무라가 조용한 목소리로 말했다. 고로스케 쇼치 감독은 그의 말에 고개를 끄덕일 수밖에 없었다.

메이저리그 최고의 투수이기에 삼열이 실투하기를 바라는 것은 현실성이 없어 보였다. 물론 중간에 무너질 수 있지만 상대는 메이저리그에서 단 한 번도 쉽게 무너진 경험이 없는 투수였다.

"곤란하군."

고로스케 쇼치는 이마를 찡그리며 손가락을 까딱까딱 움직였다. 이런 경우는 상대 투수가 제풀에 지쳐 물러나는 것이 제일 좋은 방법인데, 비록 1회이지만 그럴 가능성은 전혀 없어 보였다.

"사사키가 잘해주기를 바라야겠군."

"사사키야 최소 6회까지는 문제없습니다."

"끙."

결승을 위해 아껴둔 일본의 에이스 사사키 오치로. 뉴욕메츠에서 500만 달러의 계약금을 받은 뛰어난 투수다. 하지만 그조차도 삼열의 놀라운 공 앞에서는 왠지 초라해지는 느낌이었다.

삼열은 더그아웃으로 걸어오다가 1루 쪽 귀빈석의 마리아를 보며 손을 흔들었다. 그러자 마리아가 삼열을 보고 환하게 웃으며 손을 마주 흔들었다.

그 모습이 전광판에 비춰지자 관중석에서 커다란 박수가 터져 나왔다. 남자들은 한동안 마리아의 뛰어난 미모에서 눈을 떼지 못했다. 여자들도 금발에 환한 미소를 짓는 아름다운 모습에 질투심을 느낄 정도였다.

하지만 두 사람의 다정한 모습을 보고는 박수를 칠 수밖에 없었다. 비록 카메라 앵글을 사이에 두고 나타난 두 사람의 표정이지만 정말 서로 좋아하고 있음이 화면에 가득 넘쳤기 때문이다.

—아, 강삼열 선수의 부인이군요. 이번에 그녀는 임신 중인데도 삼열 선수를 따라왔어요. 전용기로 왔다고 하더군요. 양준영 위원님, 알고 계시죠?

—물론입니다. 삼열 선수의 부인은 마리아 강으로 멜로라인 가문의 막내로 알려져 있습니다. 위로는 두 명의 오빠가 있으며, 멜로라인 가문은 미국에서 가장 저명한 가문 가운데 하나입니다. 록펠러나 케네디 가문처럼 대중에 알려진 것은 아니지만 미국 사회에 가장 영향력 있는 가문 가운데 하나라고 알려져 있죠. 마리아 강 부인은 시카고 컵스에서 이사급으로 일하고 있으며 임신으로 인해 지금은 재택근무를 하고 있답니다.

—아, 오늘은 준비를 많이 해오셨군요.

—네, 그렇습니다. 눈이 벌게지도록 조사했습니다.

—아, 네. 그러고 보니 양준영 위원님의 눈 밑이 검군요. 다

크서클이 졌네요.

그때 카메라가 양준영의 얼굴로 줌인되자 그의 다크 서클이 화면에 자세히 보였다.

—아이, 이러시면 안 됩니다. 저 아직 장가도 못 갔는데. 그나저나 강삼열 선수와 개인적으로 만나면 한 수 지도를 받고 싶습니다.

—무슨 지도를……. 은퇴하시지 않으셨습니까?

—왜 이러세요. 제가 이 나이에 무슨 야구에 대해 물어보겠습니까? 어떻게 그 어린 나이에 일찍 결혼할 수 있었는지, 그 이유를 좀 알고 싶은 것이죠. 물론 삼열 선수만큼은 아니지만 저도 돈이라면 좀 있는데 여자들에게 왜 이렇게 인기가 없는지 모르겠습니다.

—너무 어린 여자들을 좋아한다는 소문이 나서 어지간한 여자들은 접근을 안 한다고 하던데요.

—아니, 누가 그런 헛소문을…….

카메라의 불이 꺼지자 양준영이 장동필 아나운서를 노려봤다. 그러자 장동필은 급히 자료를 찾아야 한다며 서류를 뒤적거렸다. 그러는 사이에 광고가 나갔고 카메라의 불이 다시 들어왔다. 장동필 아나운서가 재빨리 자리를 잡고 방송을 시작했다.

—아, 이제 공수가 교대되었습니다. 상대 팀 투수는 이번

아시안 게임에 첫 등판을 하는데 어떤 선수입니까?

—오늘 선발 사사키 오치로 선수는 일본 물산에서 뛰고 있는데요, 직구의 구속이 150㎞/h로 굉장히 좋습니다. 슬라이더와 커브도 좋고요. 당장 메이저리그에서 통할 수 있다고는 보지 않지만, 보스턴 레드삭스의 다자와 준이치 선수가 받은 330만 달러보다 훨씬 더 많은 500만 달러를 받았다는 것은 그만큼 좋은 공을 가지고 있다는 것이겠죠.

—강삼열 선수는 레드삭스와 220만 달러에 계약하지 않았습니까?

—그렇습니다만 사사키 선수보다 적은 금액을 받았다고 실력이 나쁘다는 이야기는 아닙니다. 한국 야구는 객관적인 실력을 인정받을 수 있는 시스템이 일본보다 뒤처져 있습니다. 게다가 일본 선수들은 대부분 사회인 야구나 프로 리그를 거치는데 삼열 선수는 고등학교를 졸업하고 한동안 야구를 하지 않았었죠. 아참, 서울대를 수석으로 입학해서 한동안 사회를 놀라게 만들었었는데요, 그런 정황들을 참고한다면 삼열 선수가 받은 220만 달러는 결코 적은 금액이 아닙니다.

—그렇습니까?

—박찬호 선수가 LA 다저스로 갈 때의 계약금이 120만 달러라는 것을 생각하면 알 것입니다. 물론 박찬호 선수는 1994년에 계약을 했고 강삼열 선수는 2011년에 했으니 물가 상승도

고려해야겠지만 말입니다. 고교 선수 출신에게 이렇게 베팅하기란 쉬운 것이 아닙니다.

—일본 사회인 야구단의 실력은 어떻습니까?

—글쎄요. 우리나라 야구로 보면 프로 팀의 1.5군 정도의 실력이 아닐까 생각됩니다. 사회인 야구단이 매년 일본 프로리그 드래프트에 다섯 명 정도 지명을 받는 것을 봐서요. 레드삭스의 다자와 준이치도 굉장했었죠. 다자와는 사회인 야구에서 21경기에 등판해 13승 1패, 평균 자책점 0.80을 기록했었죠. 메이저리그에 진출해 한동안 좋지 않은 성적을 받았지만 올해는 21경기에 출전해서 평균자책점 1.61로 제 몫을 해주고 있으니… 오늘 등판하는 사사키 오치로 선수를 쉽게 공략할 수는 없을 것 같습니다.

사사키 오치로는 마운드에 서서 잠시 하늘을 바라본 후 포수의 사인을 보았다. 1번 타자 이동호를 보며 그는 이를 악물었다. 조금 전 삼열이 던진 공의 위력이 생각났기 때문이다.

'한국 놈들 따위에게 질 수 없어!'

사사키 오치로는 도쿄에서 태어나 거기서 자랐다.

집안 대대로 법조인 출신이 많았는데 그만이 홀로 운동을 하게 되었다. 그는 집안의 보수적인 가풍에 의해 일본이 세계의 중심이 되어야 한다고 교육을 받아왔다. 그래서 메이저리그에 진출해 일본인의 우수함을 증명하려고 했다.

그런데 오늘 하필이면 재수 없게 한국 팀과 결승에서 맞붙었다. 게다가 상대 투수가 자신보다 더 뛰어난 선수였다. 아무리 그라도 그 사실을 인정하지 않을 수는 없었다.

'일본의 우수함을 보여주지.'

사사키는 이를 악물고 공을 던졌다. 공이 날아가 미트에 그대로 꽂혔다. 151㎞/h의 직구였다.

1번 타자 이동호는 사사키의 공에 움찔했다. 생각보다 구위가 좋았던 것이다. 빠르고 묵직했다.

'쉽지 않겠는걸.'

이동호는 타석에서 물러나 호흡을 가다듬고 장갑을 더 꽉 끼고는 타석에 다시 섰다. 단단히 준비하고 있는데 공이 날아왔다.

'이번엔 놓치지 않아.'

이동호는 힘껏 배트를 휘둘렀다. 배트가 지나간 다음에 공이 포수의 미트에 박혔다.

펑.

"스트라이크."

정말 교묘한 체인지업이었다. 이전의 직구 동작과 투구폼이 하나도 다르지 않았다. 이동호는 '젠장!'이라고 중얼거리며 배트를 짧게 잡았다.

'이번에 올까? 다음에 올 가능성이 높지.'

이동호는 이번에는 기다리기로 했다. 하지만 공이 날아와 그의 앞에서 크게 변했다. 커브였다.

"스트라이크."

"젠장."

이동호는 상대 투수가 이렇게 과감하게 승부를 걸어올 줄 몰라 당황했다.

타석을 물러나 더그아웃으로 들어가면서 그는 사사키의 공을 생각했다. 150km/h의 직구 하나, 체인지업, 커브, 이렇게 던졌다. 그 세 개의 공 모두가 굉장히 날카로웠다. 그는 강력한 직구가 있음에도 타자를 힘으로 윽박지르지 않았다. 그런데도 굉장히 공격적인 투구였다.

'힘들겠네.'

과감하고 변칙적이며, 게다가 영리하게 공을 던지는 투수를 상대하는 것은 타자에게 무척이나 어려운 일이다.

2번 타자 김채민이 6구 만에 삼진으로, 3번 타자 박이완이 5구 만에 외야 플라이로 아웃되면서 1회 말이 끝났다. 삼열은 느긋하게 마운드로 걸어 나왔다.

상대 투수의 공이 깔끔해서 한동안 공략당할 것 같지는 않았다. 하지만 삼열은 초조하거나 서두르지 않았다. R디메인이나 요한 산타나, A.J. 버넷을 상대하는 것보다는 훨씬 편했기 때문이다.

올해 삼열은 제1 선발이 되면서 상대 팀 에이스와 붙는 경우가 많아졌다. 그런데도 그는 올해 무려 24승이나 거뒀다. 서두를 이유가 삼열에게는 하나도 없었다.

'미안하지만 난 15이닝도 던질 수 있어. 이런 아마추어를 상대로 한다면 아마 20이닝도 가능할지 모르지.'

삼열은 오만한 표정으로 마운드에 섰다. 4번 타자 사토 겐지 선수가 타석에 섰다. 삼열은 그가 타격 자세를 취하자마자 공을 던졌다.

펑.

"스트라이크."

다음 공에 사토 겐지는 배트를 크게 휘둘렀다.

틱.

공이 배트에 빗겨 맞으며 위로 튕겨 오르자 포수가 뛰어가 그대로 잡았다.

5번 타자 요지 슈다 선수를 3루 땅볼로 아웃, 6번 타자 나카무라 요다를 삼진으로 잡았다.

삼열의 공을 일본 타자들은 전혀 공략하지 못했다. 직구를 던지는 빈도도 낮아 거의 맞혀 잡기식으로 던지고 있음에도 타자들이 공을 제대로 맞히지를 못한 것이다. 이미 그들의 머릿속에는 161㎞/h의 무시무시한 공이 기억 속에 남았기 때문이다.

—어떻습니까?

—한마디로 대단합니다. 힘들게 던지는 것 같지도 않은데 대부분의 공이 150km/h가 넘어갑니다. 커브, 체인지업도 상당히 빨라서 꺾이는 각도의 날카로움에 비하면 너무나 빠릅니다. 일본 타자들은 전혀 감을 잡지 못하고 있습니다.

—어떻습니까? 양준영 위원이 타격에 선다면 안타를 칠 수 있겠습니까?

—물론 칠 수는 있습니다. 타자에게 못 치는 공은 없지요. 하지만 몇 타수째에 칠 수 있느냐 하면, 그것은 또 다른 문제지요. 제가 한국 프로 야구에서 통산 타율이 0.316이니 아마도 열 번 중에 최소 한두 번은 칠 수 있지 않을까 싶은데, 이게 사실 그래야 하거든요. 그런데 삼열 선수의 작년 평균 자책점이 0.98이고, 올해는 1.1입니다. 그러니 저도 열 번 중 한 번은 치지 않을까 하는 생각을 가져보지만 그게 또 그렇지가 않습니다.

—네? 그게 무슨 말씀이신지요?

—올해 삼열 선수가 유난히 홈런을 많이 맞았습니다. 그 이유는 아직 몸에 제대로 익지 않은 공을 던졌기 때문입니다.

—그럼 정상적으로 던졌으면 평균 자책점이 더 내려갔을 것

이라는 말씀인가요?

—네. 저도 메이저리그 경기를 종종 보는데 가끔 홈런을 맞는 공을 보면 팔의 각도가 안에서 바깥쪽으로 비틀려집니다. 때문에 메이저리그의 전문가들은 삼열 선수가 스크루볼을 익히고 있다고 확신하고 있습니다.

—아, 그렇군요. 스크루볼이라, 강삼열 선수에게 굳이 그 공이 필요할까요?

—지금은 필요하지 않죠. 하지만 타자들과 투수가 대결을 많이 하게 되면 데이터가 쌓이게 됩니다. 만약 마리아노 리베라가 선발로 나오게 된다면 아마도 지금과 같은 뛰어난 성적을 내지 못할 것입니다. 커터와 직구 두 개만 주무기로 던지면 아무리 공이 위력적이라도 타자들에게 익숙해지기 쉽죠. 그런데 마무리로 1이닝만 던진다면 그것은 어떻게 해볼 수가 없죠. 타자가 지친 상태에서 150㎞/h대의 커터와 직구가 번갈아 오면 그것은 재앙이죠.

—사사키 선수는 어떻습니까?

—굉장히 좋은 공을 가지고 있네요. 하지만 삼열 선수와 비교를 하면 차이가 많이 납니다. 하지만 우리 대표팀이 어린 선수들로 구성이 되어서 초반에는 공략이 힘들 것 같아 보입니다.

—말씀드린 순간 사사키 선수가 또 하나의 삼진을 잡아냅

니다. 벌써 세 개째 삼진을 잡아내고 있습니다.

사사키는 마운드에서 4번 타자 이대영을 잡고는 주먹을 꽉 쥐었다.

'한국 놈들 따위는 모두 삼진으로 잡아놓을 테다.'

사사키는 삼열이 트위터에 쓴, 퍼펙트게임을 암시하는 글을 읽고 큰 분노를 느꼈었다. 그는 성격은 차분하지만 지나치게 극우적인 환경 아래에서 자랐다. 아버지 우지무라는 현 아키히토(明仁) 일왕의 열렬한 숭배자이기도 했다. 그래서 그는 한국인에게 지는 것은, 특히 이런 국가대항전은 상상도 할 수 없었다.

5번 타자 장영은 사사키의 공이 좋은 것과 굉장히 공격적인 투수라는 것을 알고는 배트를 짧게 잡았다. 안타가 되면 다행이고, 아니어도 삼진은 당하지 않을 생각이었다.

공이 날아오자 장영은 배트를 휘둘렀다. 홈런을 치겠다는 생각은 버리고 그냥 슬쩍 맞힌다는 생각이었다.

펑.

"스트라이크."

조금 배트가 늦게 나갔다.

장영은 다시 공을 노려서 쳤다. 공이 파울 라인을 넘어 1루 쪽 관중석으로 들어갔다. 그는 오늘 나온 타자들 가운데 가장 적극적으로 사사키의 공을 공략하고 있었다.

다시 날아오는 공을 보고 장영은 손에서 힘을 빼고 공을 슬쩍 맞힌다는 생각으로 휘둘렀다. 다시 공이 파울 라인 밖으로 나가 데굴데굴 굴렀다.

'할 만하네.'

장영은 몸에 힘을 빼고 맞혀 친다는 생각으로 툭툭 쳤다. 커트를 한다는 생각은 아니었지만 공이 배트에 빗맞아 모두 파울이 되었다.

사사키는 약이 올랐다. 별로 대단해 보이지도 않는 놈이 자신을 끈질기게 괴롭히고 있었다. 벌써 아홉 개의 공을 던졌다. 포수 야스모토가 볼을 요구했지만 자존심이 상했다. 저따위 놈에게 피하는 공이라니, 말도 안 되었다.

공이 가운데로 몰렸다. 장영은 힘을 빼고 배트를 휘둘렀다.

딱.

배트 가운데에 정확히 맞은 공은 빠르게 날아가 유격수의 뒤로 떨어졌다. 장영은 있는 힘껏 1루로 뛰었다. 유격수가 놓친 공을 좌익수가 잡아 1루로 던졌지만 이미 장영은 1루 베이스를 통과한 후였다.

'젠장! 저따위 놈에게 안타를 맞다니.'

사사키는 약간 머리가 어지러워지면서 약이 올랐다. 6번 타자 차명석이 타석에 서자 사사키는 힘껏 공을 던졌다.

펑.

“볼.”

공은 스트라이크 존을 한참 벗어나 있었다. 야스모토는 일어나 마운드로 천천히 걸어나갔다. 그는 사사키가 냉정한 성격이지만 한국 선수들을 얕잡아보는 경향이 강한 것을 알고 있었다. 그렇기에 지나치게 공격적으로 나왔다.

지금까지는 그게 먹혔지만 사사키가 흥분해 있는 게 문제였다. 볼을 던지지 않으니 타자도 그만큼 상대하기가 편해진 것이다.

“사사키, 괜찮아?”

“그래. 괜찮아.”

“상대는 그래도 프로 팀에서 놀던 놈들이야. 쉽게 생각하면 안 돼. 네 공이 좋아서 걱정은 하지 않지만 상대 팀을 쉽게 보면 안 돼. 넌 최고야. 공이 매우 좋아. 그러니 천천히 가자고.”

사사키는 야스모토의 말에 고개를 끄덕였다. 상대가 하찮은 한국인이라 하더라도 결승까지 올라온 놈들이다. 무시할 정도의 선수들이 아닌 것을 깨닫고 그는 자신의 실수를 인정했다. 그러자 그의 영민한 머리가 빠르게 돌아가기 시작했다.

‘좀 더 집중해야겠군.’

그는 입술을 깨물며 공을 던졌다. 공이 이전보다 더 날카롭게 포수의 미트에 꽂혔다.

차명석은 동요하는 사사키를 보며 장영의 타격 자세를 생각했다. 그리고 배트를 짧게 고쳐 잡았다. 그리고 날아오는 공을 바라보았다.

사사키가 슬라이더까지 섞어서 던지자 공의 위력은 배가되었다. 결국 차명석은 4구 만에 삼진을 당하고 이후 7번 타자 이동범까지 파울 플라이로 아웃되고 말았다. 확실히 뉴욕 메츠가 500만 달러를 지불할 만큼 사사키의 위기관리 능력은 탁월했다.

대한 야구 협회가 마지막으로 열리는 국제 대회라는 것 때문에 베테랑들은 모두 제외시키고 현역 입영 대상자들을 위주로 팀을 꾸린 후유증이 나타났다. 재능과 실력은 있지만 경험의 부족은 한국 팀에게 구멍을 만들었고, 이런 구멍이 찬스를 거듭 놓치게 했다.

3회가 되어 삼열은 마운드로 천천히 걸어 나왔다. 뜨거운 함성과 대한민국을 연호하는 소리에 없었던 애국심이 생겼다. 적어도 일본을 상대하는 이 상황에서는 분명 끓어오르는 뜨거운 그 무엇이 그의 가슴을 뛰게 만들었다.

'한 놈도 나오지 못하게 해주지.'

삼열은 웃으며 관중들을 바라보았다. 1루 쪽의 관중석에 몇몇이 삼열이 파는 파워 업 티셔츠를 입고 있는 것이 보였다. 반가웠다. 그리고 티셔츠만으로는 뭔가 부족하다는 느낌을 받았다. 시간을 두고 뭔가를 더 연구해 봐야겠다는 생각을 하며 그는 타석에 들어서는 일본 타자를 바라보았다. 글러브 안에 잡힌 공의 실밥이 거칠거칠했다.

야스모토 선수가 타석에 섰다. 포수인 그의 덩치는 상당히 큰 편에 속했다. 191㎝의 키에 딱 벌어진 어깨는 누가 봐도 위압감을 가지게 만들었다.

'떡대 하나는 좋군.'

덩치는 굉장한데 인상은 순하기 그지없다. 인상마저 험악했다면 어지간한 어깨들도 움츠러들 정도로 덩치가 컸다.

삼열은 공을 던졌다. 실밥이 손끝에 제대로 걸린 공이 섬광처럼 날아가 포수의 미트에 그대로 박혔다. 포수가 요구한 위치에 그대로 정확하게. 야스모토는 움찔 놀랐다. 생각보다 공이 굉장히 빨랐던 것이다.

웅성웅성.

관중석도 이번 공에 소란스러워졌다. 이번의 공은 다른 공과 달라 보였던 것이다. 곧이어 전광판의 숫자가 나타났다.

168㎞/h.

웅성거림이 잦아들었다. 모두 입을 벌린 채 두 눈을 동그랗게 뜨고만 있었다.

"말도 안 돼!"

"믿을 수 없어!"

사람들은 두 눈이 빠질 정도로 전광판을 노려보았다.

"와아!"

"굉장해!"

이내 열화와 같은 함성이 문학 구장을 뒤흔들었다.

김성곤 감독도 벌어진 입을 다물지 못했다. 그 역시 삼열이 메이저리그에서 105마일의 공을 던졌다는 것을 들어서 알고는 있었다. 어쩌다가 한 번 던진 공이라고 생각했는데 그게 아닌 모양이었다.

'과연 누가 저 공을 칠 수가 있을까?'

야스모토는 질린 얼굴로 타석에서 조금 떨어져 타격 준비를 했다. 맞았다가는 그냥 간다는 생각밖에 없었다. 170㎞/h에 육박하는 공이 궤도를 잘못 든다면, 생각만으로도 간담이 서늘하고 손발이 떨릴 정도라 야스모토는 안타를 치는 것은 생각하지 않았다.

다음 공인 체인지업과 커터로 3구 삼진을 당한 야스모토는 얌전하게 더그아웃으로 들어왔다.

괴물이었다. 인간이 170㎞/h의 공을 던지고도 아무렇지도 않다니, 믿을 수가 없었다. 자신의 옆으로 스치듯 날아간 공이 엄청난 소리를 냈기에 두려움은 더 컸다.

타자들이 맞는 히트 바이 어 피치드 볼은 대체로 실투성의 공이다. 따라서 평소의 구속보다는 많이 떨어진 공이 대부분이다. 그래도 맞은 부분에 멍이 퍼렇게 들고 붓고 시간이 지날수록 끔찍한 고통을 느끼게 된다.

시합할 때는 긴장을 해서 그 고통을 느끼지 못하는 경우가 간혹 있다. 하지만 다음 날 찾아오는 근육통에는 저절로 비명이 튀어나오게 된다. 그런 공을 제대로 맞으면 병원 신세를 지지 않으면 다행이다. 그런데 170km/h의 공이라니!

야스모토는 남들보다 덩치가 커서 투수의 실투를 상대적으로 많이 맞았다. 그 기억은 끔찍했다. 야스모토는 마운드 위에 서 있는 삼열을 바라보며 고개를 절레절레 흔들었다.

우승 따위는 필요 없다. 일본 프로 구단에서조차 관심을 가지지 않는 이따위 경기에 무리할 생각은 없었다.

사사키 오치로는 안색이 창백해졌다. 손이 부들부들 떨렸다.

'저따위 녀석이.'

사사키 자신은 혼신을 다해 던져야 150km/h가 나오는데 미국인도 아닌 한국인 투수의 구속이 170km/h 가까이 나오자 질투를 넘어 분노를 느꼈다.

'젠장. 빌어먹을!'

사사키는 주먹을 꽉 쥐고 삼열을 노려보았다. 열등감이 분노로 바뀌었다.

'절대 질 수 없어!'

사사키는 입을 꽉 다물고 주먹을 불끈 쥐었다. 그에게는 한국인, 조센징에게 진다는 것은 있을 수 없는 일이었다.

8번 타자는 내야 땅볼로 아웃, 9번 타자는 파울 플라이로 아웃되며 3회 초가 끝났다. 삼열은 관중을 보며 손을 흔들고 파워 업 자세를 취했다. 그러자 문학 구장에 파워 업을 외치는 소리가 가득했다.

—어떻습니까?

—이번 3회는 막강함 그 자체입니다. 메이저리그 최고 투수의 위력이 무엇인지를 확실히 보여주는 이닝이었습니다. 거의 170km/h 가까이 나오지 않았습니까? 0.3초 이내에 결정하고 배트를 휘둘러야 하는데 인간의 신체로는 거의 불가능에 가까운 동작입니다.

—그렇군요.

—랜디 존슨의 최고 구속이 102마일입니다. 좌완이고 키가 커서 릴리스포인트가 앞에 있기에 타자들에게는 더 빠르게 느껴지지요. 그런데 삼열 선수의 키도 197cm인데 신체 비율에서 팔이 좀 긴 편에 속합니다. 이렇게 보면 랜디 존슨의 키와 큰 차이가 없다고 봐야겠지요. 랜디 존슨의 비둘기 사건이 굉장히 유명하죠. 그가 던진 공에 지나가던 비둘기가 부딪혔는데 비둘기 털이 다 뽑혔었습니다. 그만큼 공의 회전이 심했다

는 것인데, 아마도 삼열 선수의 공도 그와 비슷한 위력을 가졌을 것이라고 보입니다.

—그렇다면 사사키 선수의 구위는 어떻습니까?

—좋습니다. 메이저리그에서도 어느 정도는 통할 구위라고 여겨지는데요, 문제는 경험과 제구력이겠지요. 영리한 투수이니 아마 별 어려움 없이 적응할 수 있지 않을까 생각할 수 있지만, 사람의 일은 모르죠.

—좀 더 자세히 말씀해 주시죠.

—음, 사사키 선수의 슬라이더는 굉장히 예리합니다. 그리고 체인지업이나 커브도 나쁘지 않습니다. 하지만 메이저리그는 전혀 다른 시장입니다. 스몰 야구를 하는 일본과 달리 굉장히 강력한 힘을 가진 선수들이 많이 있지요. 게다가 낮은 공을 던졌다고 하더라도 어퍼 스윙을 하는 선수들이 많아 안심할 수가 없습니다. 또 주심은 몸쪽의 공은 스트라이크로 잘 잡아주지도 않고요. 삼열 선수도 타자가 붙을 때 어마어마한 직구를 던져 떨어뜨려 놓고 시작하기에 어려움이 없지만 만약 사사키 선수가 그렇게 한다면 문제가 많을 것입니다. 삼열 선수야 악동 이미지니 그냥 넘어가는 일들이 생각보다 많거든요.

—아, 그렇군요. 악동 이미지가 이런 경우에는 도움이 되기도 하는군요.

—그렇습니다. 이런 말이 있지요. 착한 여자는 천국에 가지만 나쁜 여자는 어디에나 간다는.

—여성 잡지 코스모폴리탄을 만든 헬렌 걸리 브라운의 말이죠.

—네, 그렇습니다. 그러니 악동이 이미지는 좀 나쁘지만 행동반경이 넓다고 할 수 있지요. 그리고 일반적으로 악동은 인기가 없는 데 반해 삼열 선수는 좋은 일도 많이 하고 열성적인 팬들도 매우 많습니다. 시카고 컵스에서 가장 많이 팔리는 티셔츠가 삼열 선수의 62번 저지라고 하니까요.

—하하, 삼열 선수가 세 타자를 가볍게 마무리하는군요.

—제 후배뻘 선수지만 정말 존경스럽습니다. 이런 선수를 한국이 가지게 된 것은 정말 행운입니다.

—그렇습니다. 대단한 투수임에는 틀림없군요. 이번 시즌도 사이영상이 유력시된다고 하던데요.

—거의 확정일 겁니다. 삼진 부문에서는 R디메인에게 밀려 2위를 하는 바람에 트리플 크라운을 못 했는데요. 작년에는 다승을, 올해는 삼진 부문에서 R디메인에게 가로막혔더군요.

—R디메인 선수가 강삼열 선수를 좋아한다는 말이 있던데요?

—맞습니다. R디메인의 아들이 삼열 선수의 팬이라는 것은 이미 널리 알려진 사실이지요. 원래 삼열 선수가 아시안 게임

에 참가하지 않았으면 트리플 크라운은 확실시되었었죠. R디메인보다 삼진을 열 개 이상 더 잡았으니까요.

—아, 공수가 교체됩니다. 잠시 후에 뵙겠습니다.

카메라 불이 꺼지고 광고가 나가기 시작했다. 장동필 아나운서는 헤드폰을 벗고 양준영 선수에게 말했다.

"정말 삼열 선수의 공은 무시무시합니다. 진짜 보고도 믿지 못할 수치입니다."

"저도 그렇습니다."

"형님, 왜 그러세요. 말 편하게 하세요."

"그래도 되냐? 아까처럼 또 이상한 말하면 그냥 안 둔다."

"네, 네. 걱정하지 마세요. 아까는 잠시 정신이 나갔던 거 같았어요."

몇 번이나 방송을 함께하면서 같이 술을 먹은 후로 형 동생 하기로 했는데 아까는 친하다고 해서 순간적으로 실수한 것이다.

'시말서 써야 하는 것 아닌지 모르겠네.'

장동필은 마음이 불편했다. 아시안 게임이나 올림픽 경기의 해설은 선수 출신 중 말을 잘하는 사람을 쓰는 경우가 많다. 그들은 방송사고를 내면 다음에 해설을 맡기지 않으면 그만이지만 아나운서는 그렇지가 않았다.

'하지만 정말 대단하군.'

장동필은 삼열의 공을 보면서 거듭 감탄할 수밖에 없었다. 야구 중계를 많이 한 것은 아니지만 이렇게 놀라운 선수를 본 것은 처음이었다. 게다가 같은 한국인이니 왠지 가슴 뿌듯하고 자랑스러웠다.

마운드에서는 사사키가 연습구를 던지고 있었다. 이닝이 바뀔 때마다 투수는 연습구를 열 개 내외로 던지도록 허락을 받는데 이는 더그아웃에서 있으면서 어깨가 식기 때문이다. 이렇게 연습구를 던져 몸을 풀어주지 않으면 부상당하기가 쉽다.

'절대로 지지 않아.'

사사키는 마음을 독하게 먹고 공을 던졌다. 8번 타자 김명석 포수가 내야 플라이로 아웃되고 9번 타자 변우민도 6구 끝에 삼진을 당하고 말았다.

삼열은 마운드에서 독기를 풀풀 흘리고 있는 사사키를 보고 피식 웃었다. 필요 이상으로 어깨를 혹사하면 문제가 생기게 마련이다. 삼열은 사사키를 보며 적어도 6회 이내에 강판될 것임을 알았다.

'생각보다 쉽게 가겠네.'

문제는 타자들이었다. 사사키가 독기를 품고 던지니 제대로 된 타격이 나오지 않는 것이었다.

'뭐, 군대 가기 싫으면 열심히 하겠지.'

삼열은 눈을 감았다. 그러자 시끄러운 환호성과 소음이 모두 닫혔다. 편안한 마음으로 삼열은 더그아웃의 벽에 기대어 쉬었다.

"형, 공수 교대예요."

"어, 알았어."

송치호가 어깨를 잡아 흔들자 삼열은 일어났다. 이번 이닝에서 1번 타자 이동호가 4구 끝에 안타를 쳤지만 김채민이 삼진을 당했다.

삼열은 전광판을 보고 미소를 지었다. 사사키의 투구 수가 58개였다. 현대 야구에서 선발이 책임지는 투구 수는 100개 전후, 60개를 던졌으면 슬슬 체력의 한계가 나타나기 시작한다. 이전보다 사사키의 공이 공략하기 쉬워진다는 말이다.

삼열은 160㎞/h 이상의 공을 몇 개 던지고 나머지는 체인지업이나 커터로 상대 타자를 농락했다.

168㎞/h를 던지면 타자의 머릿속에는 그 기록이 남아 있게 마련이다. 그러니 그다음에 던지는 공은 굳이 그렇게 빠를 필요가 없다. 타자들이 제풀에 의욕이 꺾여 제대로 타격을 못하니 말이다.

일반적으로 선발투수가 150㎞/h 이상을 시합 내내 던지면 몸이 견디지를 못한다. 그래서 정상급의 투수는 완급 조절에

능하고 완투를 해도 투구 수 조절을 잘해야 한다.

완투하기 위해 130개의 공을 던지는 것은 미친 짓이다. 완투가 중요한 기록이기는 하지만 무리를 하면서까지 할 필요는 없다.

현대 야구에 왜 분업화가 이루어졌는지는 말하지 않아도 뻔하다. 몸을 혹사시키면 선수 생명이 그만큼 위태롭기 때문이다. 그러므로 완투를 하려면 투수는 투구 수를 조절해야 한다.

메이저리그 최저 투구 완봉승은 58개다.

1944년 보스턴 브레이브스의 레드 바렛은 58개의 공으로 완봉승을 거두었다. 선발투수가 모든 타자를 삼구 삼진으로 잡는다 하더라도 총 81개의 공을 던져야 하는데, 58개의 공이면 5이닝 정도밖에 던지지 않은 투구 수에 불과하다. 58개는 삼열조차도 엄두를 내지 못하는 숫자다.

삼열이 메이저리그에서 완투할 경우 던지는 공의 개수가 90개 전후였다. 삼열은 맞혀 잡는 피칭을 하려고 노력했지만 아직은 경험이 많지 않아 간혹 타자를 윽박지르는 강속구를 던지곤 했다. 그것이 투구 수를 늘리는 요인 중의 하나였다.

1번 타자 요시무라가 나와 1구 만에 내야 땅볼로 아웃되고 2번 타자는 4구 만에 삼진, 3번 타자 이와무라도 2구 만에 파울 플라이로 아웃되었다.

일본의 타자들은 메이저리그 최고 투수라는 이름이 주는 위압감에 주눅이 들었다가 실제로 168㎞/h의 공을 보고는 완전히 의욕 상실에 빠져 버렸다.

수비하는 시간이 짧아지자 사사키는 얼마 쉬지도 못하고 다시 마운드로 나와야 했다. 피곤하고 짜증이 났다. 하지만 그는 던져야 했다.

3번 타자 박이완이 타석에 섰다. 초구로 슬라이더가 날아왔다. 날카롭지만 어딘지 모르게 느낌이 달랐다. 해볼 만하다는 느낌이 들었다. 그런 생각이 들자 박이완은 저번보다 더 집중해서 사사키의 공을 바라보았다.

딱.

박이완은 사사키의 슬라이더를 받아쳤다. 꺾이는 각이 예리한 맛은 있지만 공 끝이 깨끗했다.

변화가 별로 없으니 노리고 치기에 좋은 공이 된 것이다. 게다가 공이 묵직하지도 않았다. 힘이 떨어지고 있다는 증거였다.

투수의 공은 속도도 중요하지만 공 끝의 무브먼트가 훨씬 더 중요하다.

같은 스피드의 공이라고 하더라도 무브먼트가 심한 공을 치기가 힘들고, 친다고 하더라도 제대로 맞지 않아 뜬공이 되거나 땅볼이 될 확률이 높다. 반면 무브먼트가 없는 공은 맞으면 담장을 넘어가기 쉽다. 그래서 타자들은 투수가 던지는 공의 스피드도 중요하지만 공 끝의 무브먼트를 더 중요하게 여긴다.

1루에 진출한 박이완은 이제 자신감이 생겼다. 상대 투수가 지친 것이다. 아니, 지쳐가고 있는 중이었다.

노 아웃에 1루라 김성곤 감독은 1루에 있는 박이완에게 런 앤 히트 작전을 내렸다. 일단 점수를 내야 경기를 풀어가기가 쉬워지기 때문이다.

4번 타자 이대영이 타석에 들어섰다. 몇 번의 견제구가 들어왔지만 중요한 승부처라는 것을 알고 있는 박이완은 경기에 집중했다.

사사키가 공을 던지자 박이완이 뛰었다. 이대영은 박이완의 스타트가 좋은 것을 알고는 다소 과장된 큰 동작으로 배트를 휘둘렀다.

펑.

"스트라이크."

야스모토는 공을 잡아 2루에 던질 포즈를 취하다가 멈췄다. 이미 박이완이 2루 베이스에 안착한 후였기 때문이다. 게다가 이대영이 큰 스윙을 했기에 순간적으로 앞이 가려져 2루에 송구하기도 여의치 않았다.

박이완이 2루로 진루하자 문학 구장은 환호와 응원으로 달아올랐다. 대한민국을 외치는 소리가 그라운드에 울려 퍼졌다.

삼열은 흥미롭게 2루를 바라보았다. 정말 시기적절하게 2루 도루를 한 것이다. 타자의 히팅 모션도 좋았다.

'이제 침몰하는 일만 남은 것인가!'

삼열은 1회부터 무리를 하고 있는 사사키를 바라보았다. 얼굴이 시뻘겋게 변한 그가 어깨를 들썩일 정도로 흥분하자 야스모토가 다시 마운드로 올라갔다. 그때 한국을 응원하는 소리가 노래처럼 문학 구장을 뒤덮었다.

사사키는 야스모토의 말을 듣고 냉정을 유지하려고 노력했지만 쉽게 마음이 진정되지 않았다.

'더러운 한국 놈들에게 질 수는 없어.'

뼛속까지 보수우익의 교육을 받고 자란 사사키는 열등한 한국인에게 진다는 것은 생각도 할 수도 없었다.

원래 그는 차분하고 예의바른 성품을 가진 청년으로 알려져 있었다. 물론 그는 정말 예의바르고 진지한 성격의 남자였다. 단, 일본이나 미국, 유럽인들에게만 그랬다.

그에게 한국인, 동남아인은 모두 존중받을 가치가 없는 사람들이었다.

'일본은 위대하다.'

사사키는 혼신의 힘을 다해 공을 던졌다. 공이 갈대가 휘어지듯 들어갔다.

펑.

"스트라이크."

이대영은 다시 묵직해진 공을 보며 정신을 바짝 차렸다. 이번 기회는 정말 중요했다. 결승전이기에 일본도 혼신의 힘을 다해 경기할 것이다. 여차하면 던질 수 있는 투수들이 모두 나올 것은 불을 보듯 뻔했다.

이대영은 투 스트라이크 노 볼이라는 것을 생각하며 이를 악물었다. 도저히 어떤 공이 들어올지 예측이 안 되었던 것이다. 공이 날아왔고 이대영은 반사적으로 배트를 휘둘렀다.

펑.

"스트라이크."

배트를 휘두르지 않았다면 볼이 될 공이었다. 볼카운트가 불리하니 어지간하면 배트를 휘두를 수밖에 없었다. 상대 역시 정상급의 투수였기에 볼과 스트라이크의 차이가 크지 않았다.

'젠장.'

이대영은 고개를 숙이고 더그아웃으로 들어갔다. 정말 중요한 찬스였는데 제 역할을 못 한 것이 못내 미안했다.

5번 타자 장영이 타석에 섰다. 반드시 안타를 쳐야 할 타이

밍이어서 그는 바짝 긴장했다. 이는 사사키 역시 마찬가지였다.

"으얍!"

사사키는 기합을 내며 힘껏 던졌다. 힘을 과도하게 썼는지 공이 스트라이크 존을 크게 벗어났다.

'좀 더 냉정하게!'

사사키는 호흡을 가다듬었다.

'저따위 놈은 나의 밥일 뿐이다.'

그는 힘껏 다시 공을 던졌다. 이번에는 어깨에 힘을 빼고 요령껏 던져서인지 날카롭고 빠르게 공이 날아갔다.

펑.

"스트라이크."

사사키는 혼신을 다해 공을 던졌다. 그럴수록 체력은 급속도로 내려갔다. 하지만 그는 그것을 몰랐다. 너무나 긴장한 탓에, 아니 너무 흥분하여 자신이 오버하고 있는지도 인식할 수 없었다.

사사키의 역투 덕에 장영은 5구 만에 외야 플라이로 아웃되고 말았다. 사사키는 안도의 한숨을 내쉬며 오만하게 마운드에서 새롭게 타석에 들어서는 차명석을 바라보았다.

타자가 타격 자세를 취하자 사사키는 힘껏 공을 던졌다.

딱.

유격수 앞 직선타였다. 4회 말이 끝났지만 이미 사사키는 82개의 공을 던지고 있었다.

더그아웃에 들어와 벤치에 앉으니 몸에 힘이 하나도 없었다. 사사키는 속으로 중얼거렸다.

'실력도 없는 것들이 죽기 살기로 덤벼드네. 일본의 정신을 보여주마.'

하지만 마음으로 아무리 전의를 불태워도 몸이 무거웠다. 정신력으로 버티는 것도 한계가 있다. 그는 필요 이상으로 긴장했고 힘을 효율적으로 관리하지 못했다. 그래서 4회가 끝난 상황에 몸이 솜처럼 무거웠다.

삼열은 마운드에서 일본 선수를 대학생이 초등학생을 보는 듯한 거만한 눈빛으로 내려다보고 있었다. 그럴수록 일본 타자들은 위축되어 갔다. 사사키는 그것이 싫었다.

"칙쇼!"

사사키는 화가 났다. 하지만 그것을 표현할 수 있는 방법이 없었다.

그는 자신이 왜 이렇게 화가 나는지 알 수 없었다. 단지 머릿속에 한국인은 더러운 놈들, 짐승보다 못한 것들이라는 생각만 났다. 왜 그런 생각이 드는지 자신도 몰랐다.

하지만 그것은 너무나 당연한 일이었다. 일왕의 열렬한 신봉자인 가문에서 태어나 남부러울 것 없이 자랐기에 세상이 일본을 중심으로 돌아야 한다고 생각하고 있다. 그러니 단순한 스포츠에도 그런 어이없는 생각을 덧입혔다.

삼열은 4번 타자 사토 겐지를 바라보았다. 어딘지 어색하고 주눅이 든 모습이었다.

'떨고 있군.'

스포츠에서 상대에게 위압감을 가지게 되면 그 승부는 해보나마나이다.

메이저리그 최고의 투수, 이것 하나로 일본 타자들은 주눅이 들었고 168㎞/h의 구위에 너무 놀라 어떻게 공략할 것인가 하는 생각조차 하지 못하게 되었다. 한마디로 자포자기였다.

사토는 삼열을 바라보았다. 그의 머리 뒤에 성자처럼 후광이 보이는 듯했다. 조명이 켜지면서 삼열의 얼굴이 잘 보이게 된 것이었지만 사토의 눈에는 그렇게 보이지 않았다.

터치 불가.

사토가 그렇게 생각하는 것도 무리가 아니었다. 일본 선수들은 프로 선수들도 아니었다. 메이저리그의 내로라하는 선수들도 치지 못하는 삼열의 공을 아마추어인 그들이 공략할 수 있다는 것 자체가 말이 안 되었다. 하지만 시도조차 하지 못하고 그들은 포기했다. 강한 자에게는 한없이 약해지는 민족성 때문에 더 그랬다.

공이 날아오면 사토는 황홀한 듯 바라만 볼 뿐이었다. 사실 이런 위대한 투수에게 삼진을 당한다 하더라도 별로 부끄러운 일이 아니라고 자조하면서.

3구 삼진으로 4번 타자를 잡자 5번 타자 요지 슈다가 타석에 들어섰다. 그 역시 큰 기대를 하지 않았다. 이미 전광판에 찍히는 삼열의 구속은 145km/h 전후였다. 그는 노련하게 의욕이 없는 타자들을 상대로 전력투구를 하지 않고 요령껏 던졌다.

구속은 줄어들었지만 예리하게 제구가 되었기에 타자들은 자각하지 못하고 있었다. 그러다가 가끔 160km/h의 공을 던져주면 감탄이 튀어나오곤 했다. 일본 코치진조차도 삼열의 노련한 플레이를 눈치채지 못했다.

요지가 파울 플라이로 아웃되고 6번 타자 나카무라가 타석에 들어섰다. 그는 초구에 배트를 휘둘렀다.

틱.

공이 2루 앞으로 구르자 유격수가 재빨리 뛰어와 공을 잡아 1루로 던졌다. 위치는 2루수가 잡는 게 더 가까웠지만 1루로 송구를 하려면 역동작에 걸리기에 유격수가 잡아 던진 것이다.

"아웃."

한국 선수들의 집중력은 매우 좋았다. 수비 시간이 짧다 보니 집중력이 떨어질 이유가 없었던 것이다.

삼열은 마운드에서 내려가면서 1루 쪽으로 다가갔다. 마리아가 일어나 손을 흔들었다. 삼열이 입으로 '아이 러브 유'라고 말하며 입을 오므리고 쪽쪽 하는 표정을 지어 보였다.

사람들은 장난스러운 삼열의 행동에 웃었다. 마운드에서 막강한 모습을 보여주던 그가 이렇게 장난을 칠 것이라고는 생각을 못 했기에 부럽기도 하고 질투도 났지만 다정한 부부의 모습에 마음이 따뜻해지는 것을 느꼈다.

사사키는 화면 가득 미소를 짓는 마리아를 바라보았다. 그가 평소에 선망하는 금발의 미인이었다. 아기를 임신했음에도 화면에 비친 모습은 너무나 청초하였다. 금발의 올리비아 핫세였다.

"젠장!"

사사키는 마운드로 올라가며 기분이 좋지 않았다. 모든 것이 엉망이 된 듯한 느낌이었다.

'하필이면 그런 얼굴이라니!'

그는 올리비아 핫세를 무척이나 좋아했다. 로미오와 줄리엣을 몇 번이나 보기도 했고 메이저리그에 가면 그런 여자랑 연애하고 싶기도 했다.

'하필이면 눈동자 색깔마저 같잖아!'

청순한 이미지에 글래머인 올리비아 핫세는 남자들이 모두 자신의 외모, 특히 풍만한 가슴에 정신을 놓고 있을 때 자신의 눈동자 색깔을 기억해 준 자상한 남자와 결혼했다고 한다. 그 말을 듣고 얼마나 감동했던가.

'저 더러운 놈이 안 가진 게 뭐야?'

생각을 해보니 어마어마한 강속구에 큰 키, 아름다운 부인, 돈과 명예, 자신이 가져야 할 것을 다 가진 놈이었다. 한 번 나쁜 쪽으로 생각하자 모든 것이 부정적으로 보였다. 7번 타자 이동범이 갑자기 삼열의 모습으로 보였던 것이다.

'이게 어떻게 된 거지?'

고개를 흔들고 보아도 무엇이 잘못되었는지 그의 얼굴이 자꾸 삼열로 보였다.

사사키는 힘껏 공을 던졌다. 그리고 '악!' 하는 짧은 소리에 놀라 정신을 차려보니 타자가 어깨 부위를 부여잡고 쓰러져 있었다.

응급 요원들이 재빠르게 타석으로 올라가 이동범을 살피고 있었다. 어깨에 맞았으니 생명에는 지장이 없을 것 같았지만 너무나 순식간에 벌어진 사건이라 관중들은 모두 어안이 벙벙하여 전광판을 바라보았다.

이동범은 계속 신음을 토해 냈고 의료진은 그를 급히 병원으로 후송했다. 구급차에 실려 가기까지 5분도 안 걸렸다. 대단히 빠른 조치였다.

얼마 전 루 챵룽이 심장마비로 쓰러진 이후 의료 체계가 이전보다 더욱 강화되어 있었다. 장내 안내 방송으로 이동범 선수가 병원으로 후송되었으며 생명에는 이상이 없다는 내용을 몇 번이나 고지했다.

심판은 사사키에게 퇴장 명령을 내렸다. 전광판에도 나왔듯 그것은 실투가 아니었다.

의도적으로 선수를 향해 던졌다는 것이 느린 그림을 통해 나타났다.

—이게 어떻게 된 것이죠?

—저도 영문을 모르겠습니다. 사사키 선수가 무슨 의도로 저런 공을 던졌는지는 모르겠지만 고의적인 공인 것은 맞습니다. 사실 타자들이 맞는 공은 대부분 실투성이라 회전이 적게 들어옵니다. 게다가 공의 실밥에 손가락이 제대로 채이지를 못해서 힘의 분산이 이루어지기에 때문에 150㎞/h를 던지는 선수의 공도 실투성이면 130㎞/h 전후로 들어옵니다. 너클볼 같은 경우가 공의 회전이 없는 경우와 비슷하죠. 회전이 없으면 구속도 생기지 않습니다. 그래서 무회전 너클볼인 팀 웨이크필드의 너클볼은 105㎞/h이고 R디메인의 공이 120㎞/h입니다. 그런데 이동범 선수가 맞은 공은 그대로 145㎞/h의 속도로 날아간 것이니 심한 부상을 입었을 가능성이

높습니다.

—그렇군요. 총알도 속도와 회전 때문에 파괴력이 생기는 것이지요. M16의 총알의 속도가 아마도 시속 3,400㎞/h라고 하더군요. 어마어마하죠.

—그렇다면 145㎞/h로 맞은 이동범 선수는 어떻게 될까요?

—야구 선수 중 공에 맞아 죽은 경우는 메이저리그에서 단 한 명, 그것도 1920년대의 이야기죠. 양준영 씨는 어떻습니까? 현역 시절에 히트 바이 어 피치드 볼을 맞았을 텐데요.

—경기 당시에는 아무 생각이 안 납니다. 무지 아프고 화가 나지만 참아야 합니다. 참지 않고 상대 선수에게 반응하면 바로 퇴장이니까요. 맞은 부위는 일단 멍이 들고 붓습니다. 몇 주 동안 근육통에 시달리는 경우가 많죠. 그래도 시합에 빠질 수 없는 경우가 태반입니다. 그런 경우 선수들은 진통제를 먹고 나갑니다. 특정 부위가 아픈 것이니 그렇게 하면 시합은 할 수 있으니까요.

—아, 그렇군요. 그렇데 저렇게 투수가 고의적으로 공을 던지는 경우도 있습니까?

—사실 종종 있습니다. 예전에는 지금보다 많았죠. 특히 라이벌 간의 시합에서는 감독이 지시하는 경우도 있습니다. 그럴 때는 투수는 가능한 힘을 빼고 던지죠. 경기장을 벗어나면 선수들은 다들 알고 지내는 사이인데 원수가 될 생각이 아

니라면 힘껏 던지지 못합니다.

—그렇다면 이제 경기가 어떻게 될 것 같나요?

—두고 봐야 알겠지만 일본이 불리하게 되었습니다. 그동안 호투를 해온 사사키 선수가 갑자기 퇴장을 당해서 불펜에서 준비를 제대로 하지 못했을 테니까요. 물론 경기 중반이고 사사키 선수의 투구 수도 한계치에 가까워서 불펜이 놀고 있지는 않았을 것입니다. 그러나 사사키 선수의 이닝 인터벌이 상당히 길었습니다. 그러니 한 이닝 전에 등판한다면 그만큼 몸을 풀 시간이 부족했겠지요.

장동필 아나운서와 양준영이 방송하는 동안 마운드에는 새로운 일본 투수가 올라와 몸을 풀었다.

다카오 게이는 갑작스레 마운드에 올라왔지만 미리 몸을 풀고는 있었다. 하지만 그는 아직 마음의 준비가 되지 않았다. 사사키가 던진 히트 바이 어 피치드 볼에 선수의 한 사람으로서 그도 충격을 받았던 것이다. 누가 봐도 그것은 고의적인 공이었다.

'그는 도대체 왜 그랬을까?'

투수는 수없이 많은 공을 던진다. 따라서 실투와 그렇지 않은 공은 보면 금방 파악이 된다.

누구보다 던진 사람이 가장 잘 안다. 어떤 의미에서 투수는 공이 손을 떠난 그 순간 자신이 던진 공이 안타가 될지 아닌지 어느 정도 알 수 있다. 그것은 제구가 잘된 공보다 실투가 안타를 맞기 쉽기 때문이다.

다카오가 공을 던졌다. 공이 빠르게 날아갔지만 8번 타자 김명석이 힘껏 배트를 휘둘렀다.

따악.

공이 2루수를 지나 떨어졌고 우익수가 뛰어와 공을 잡았지만 1루에 있던 대주자 이진영은 이미 3루 가까이 도달했다.

무사 1, 3루가 되었다. 9번 타자 홍진영이 타석에 들어와 깊은 외야플라이를 날렸다. 그리고 3루에 있던 이진영이 홈으로 들어왔다.

1 : 0.

드디어 힘의 축이 한쪽으로 기울었다.

1사 1루에 1번 타자 이동호가 타석에 들어섰다. 다카오는 몸이 덜 풀려 공을 던져도 의도하는 대로 들어가지 않았다. 중간에 구원으로 등판하기 위해서는 몸을 제대로 풀어줘야 원하는 대로 공을 뿌릴 수 있는데 지금은 그게 쉽지 않았다.

*　　　*　　　*

사사키는 라커룸으로 돌아와 가방을 쌌다. 도대체 뭐가 어떻게 된 것인지 어리둥절했다. 공을 던졌고 선수가 공에 맞았다.

커브도 아닌 직구였다. 어깨 부근을 맞은 것 같았는데 타자가 병원까지 실려 간 것을 보면 허파나 늑골에 영향을 줬을 수도 있다.

모두 생명과는 크게 관련이 없으나 심각한 후유증이 나타날 수 있는 부위다.

하데키 전략 분석 코치가 라커룸에 따라 들어와 그에게 한마디 했다. 그는 궁금했다. 정말 중요한 경기에서 왜 그런 공을 던지고 퇴장을 당했는지.

"사사키, 실수 아니었지?"

"……."

하데키의 질문에 사사키는 대답할 수 없었다.

하데키는 전략 분석관이기 때문에 시합이 끝나는 결승전에서는 거의 필요가 없었다. 이제 아시안 게임에서 야구는 퇴출될 것이기 때문이다.

그래서 간단한 영상 자료만 찍으면 되었기에 그는 이 어처구니없는 일을 저지른 사사키가 왜 그랬는지 궁금했다. 도저히 이해할 수 없었던 것이다. 그러나 딱 봐도 고의가 분명했다.

"고의로 그랬다면… 넌 일본 국민의 수치다."

"뭐, 뭐라고? 칙쇼! 고작 조센징 하나 맞혔다고 일본을 위해 공을 던진 나에게 네가 감히 그런 모욕을 줄 수 있어?"

사사키는 하데키의 말에 격분했다. 그에게 있어 한국인은 존중받지 못할 열등한 민족이었다. 샤프와 소니를 벗겨 먹는 하류들. 찌질이들.

"넌 스포츠의 기본적인 정신도 모르는 놈이야. 네가 메이저리그에 간다고? 거기서 네가 방금 한 그런 인종 차별적인 말을 하면 바로 퇴출이야, 이 또라이 새끼야. 네가 일본 팀을 망쳐놓았어!"

하데키의 말도 완전히 옳은 것은 아니었다. 사사키는 4회까지 최선을 다해 공을 던지긴 했다. 그러나 어떤 이유에서인지 몰라도 고의로 사구를 던져 퇴장을 당했으니 비난에서 자유롭지 못한 것도 사실이다.

일본 국민은 남에게 폐를 끼치는 것을 극도로 싫어한다. 그래서 드러내 놓고 말썽을 부리는 사람을 은근히 따돌려서 조직 생활에 융화되지 못하게 하는 이지메가 일본 사회의 전체에 만연한 것이다.

*　　　*　　　*

—어떻습니까?

—한국 팀이 유리해졌습니다. 몸이 덜 풀린 투수가 올라왔으니까요. 1 : 0으로 이기고 있지만 여기서 점수를 더 내야 합니다. 점수를 낼 수 있을 때 못 내면 위기가 찾아옵니다. 이번 이닝에서 한국 선수들이 힘을 내줘야 해요.

—아, 이동호 선수 투수 앞 땅볼로 아웃입니다. 하지만 1루에 있던 홍진영 선수는 2루로 진출했군요. 안타를 치면 1점을 더 얻을 수 있는 상황이긴 하지만 조금 어렵게 된 것 같군요.

—한국 팀 선수들이 잘해줄 것입니다. 저는 믿습니다. 모처럼 찾아온 기회인데 놓치면 힘들어집니다. 물론 삼열 선수가 잘 버텨주고 있기는 하지만 말입니다.

—그렇습니다. 마운드에서 강삼열 선수가 버텨주고 있는 지금 점수를 내야 우승하기가 쉬워지겠지요. 1점과 2점은 다른 것이니까요.

장동필 아나운서는 걱정스러운 눈빛으로 2번 타자 김채민을 바라보았다.

이번 아시안 게임에서 가장 무기력한 모습을 보인 선수가 바로 그다. 하지만 그는 원래 이렇게 물방망이가 아니다. 올해 SK 와이번스에서 0.272의 타율을 유지하고 있었고 찬스에 가장 강한 한국 선수 중 한 명이었다.

김채민은 이을 악물고 냉정하게 자신을 비웠다. 여기서 또 안타를 치지 못하면 온갖 욕을 듣게 될 것이 뻔했다.

안타를 치지 못하면 인터넷을 최소 몇 달 끊고 살아야 할 것이다.

'아자, 파이팅. 죽어도 친다!'

김채민은 어깨에 힘을 빼고 배트를 쥔 손에 힘을 넣었다. 공이 날아오자 그는 힘껏 배트를 휘둘렀다.

딱.

공이 높이 날아 올라갔다. 일본 팀의 중견수가 뛰다가 멈췄다. 공이 펜스를 넘어간 것이다.

"홈런! 홈런이야!"

"와우!"

더그아웃에서 선수들이 모두 일어나 김채민이 친 홈런을 바라보았다.

홈 베이스를 밟고 더그아웃에 김채민이 들어오자 동료 선수들이 하이파이브를 하며 축하를 해줬다.

그는 동료들의 축하를 받은 한참 후에 벤치에 앉아 환하게 미소를 지었다.

아시안 게임이 시작한 후 제대로 된 역할을 하지 못해 마음을 졸이고 있었는데 중요한 순간에 제 몫을 한 것 같아 매우 기뻤다. 눈물도 찔끔 났다.

기분은 마치 하늘 위를 걷는 것처럼 현실감이 없었다. 그동안 마음고생을 했던 그 시간들이 한순간에 보상받는 느낌이었다.

"수고했어. 채민이 네가 최고다!"

동료의 칭찬에 김채민은 웃었다. 유독 이번 아시안 게임에서는 안타가 잘 나오지 않았다. 그런데도 2번 타자로 꾸준하게 출전하게 해준 김성곤 감독에게 체면이 서는 것 같아 안도의 한숨이 나왔다.

5회 말은 더 이상 점수가 나오지 않았다.

3 : 0.

일본 팀은 더 이상 점수를 내주지 않았다. 그리고 삼열은 마운드에서 공을 던지고 또 던졌다. 어떤 타자도 안타를 치거나 1루로 나가지 못했다.

시간이 빠르게 흘러갔다. 문학 구장은 한국 팀을 응원하는 뜨거운 열기로 더욱 달아올랐다. 단지 경기일 뿐인데 사람들은 거기에 자신을 대입시켜 기쁨을 느끼고 슬퍼했다.

그것이 스포츠다.

—이제 마지막 이닝이군요. 어떻습니까?

—일본 팀으로서는 하위 타순이라 아마도 대타를 내보낼 것입니다. 1점이라도 내려고 할 거예요. 그것이 안 되면 안타라도 하나 치려고 하겠지요.

—그러고 보니 강삼열 선수가 퍼펙트게임을 예고했는데, 정말로 그렇게 되어 가는군요.

—그렇습니다. 아무리 상대가 사회인 야구 팀 출신이라고 하더라도 한 나라의 대표들이거든요. 그렇다면 실력이 프로에 준하는 선수들로 구성되어 있다고 봐야 하는데, 지금까지 단 한 명도 안타를 치지 못했어요. 대단하다고 말할 수 있겠습니다.

—말씀드리는 순간 강삼열 선수가 마운드에 섰습니다. 아, 박수가 쏟아지네요. 정말 대단합니다. 이제 이번 이닝만 마무리되면 게임이 끝나니 우리 선수들이 금메달을 따게 되겠군요.

—네, 그렇습니다. 8이닝까지 삼열 선수의 투구 수는 79개입니다. 6회까지는 일본 선수들이 성급하게 공격을 시도해서 투구 수가 적었습니다. 하지만 6회 이후부터는 투 스트라이크 이전에는 타자들이 스윙을 하지 않아 강삼열 선수의 투구 수가 많아졌습니다.

—아, 마리아 강 부인이 다시 나오는군요. 대단한 미인입니다. 부부가 굉장히 다정하게 보이네요. 부럽습니다.

—저도 무지 부럽습니다.

장동필 아나운서와 양준영이 대화를 하고 있는 사이 삼열은 마운드에 올랐다. 그는 마지막 이닝을 위해 힘을 아껴왔다.

이제 전력을 다할 시간이 왔다.

삼열은 공을 던졌다. 공이 날아가다가 옆으로 휘어져 들어갔다. 대타로 나온 아베 곤지는 배트를 휘둘렀다. 커터의 구속이 148㎞/h로 나왔다.

마리아노 리베라의 커터와 비교해도 별 차이가 없는 대단한 공이었다. 오른쪽에서 왼쪽으로 휘어지는 각이 리베라가 더 클 뿐이었다.

삼열이 그동안 해온 손가락 악력 훈련이 시간이 지나면서 제 위력이 나타나고 있었다. 그것은 누구도 무시하지 못할 막강한 공이었다.

펑.

"스트라이크."

아베는 슬라이더처럼 휘어지는 커터를 보며 혀를 찼다. 그는 이런 공은 쳐도 안타가 될 수 없다는 것을 잘 알고 있었다. 오히려 투수 앞 땅볼이 되거나 파울플라이가 될 확률이 높았다.

그러나 쳐야 했다.

아웃 카운트 세 개면 일본 팀은 수치스러운 퍼펙트게임을 당할 것이기 때문이다. 빗맞은 안타라도 나와야 할 절실한 상황이 되었다.

하지만 그의 소망과는 달리 날카롭고 빠른 공이 그의 눈을 현혹시켰다. 결국 그는 4구 만에 삼진을 당하고 말았다.

"파워 업!"

삼열은 스스로에게 주문을 걸듯 파워 업을 외쳤다.

8번 타자 쓰요시가 내야 땅볼로 아웃, 9번 타자 아키바리루가 나와 투 스트라이크 원 볼이 되었다. 세 명의 타자 모두 대타였다.

삼열은 공을 던졌다. 공이 빠르게 날아왔지만 쓰요시는 힘껏 배트를 휘둘렀다.

딱.

공이 외야로 쭉쭉 뻗어 나갔다. 좌익수 홍진영이 번개처럼 뛰었다. 그리고 그는 펜스 위로 넘어가는 공을 뛰어올라 잡아냈다.

엄청난 수비였다. 마지막 이닝에 홈런이 될 공을 걷어낸 것이다. 관중석에서 엄청난 환호와 박수가 터져 나왔다. 더그아웃에 있던 모든 선수가 뛰어나와 환호성을 질렀다.

마침내 이겼다.

일본을 이겼다.

금메달이다.

전략상으로 보면 이기는 것이 당연한 경기였지만, 그런데도 감격스러웠다.

작년부터 일본 관중석에서 제국주의를 상징하는 욱일승천기를 꺼내 응원하는 바람에 양국의 스포츠팬들 사이의 감정의 골이 깊어졌다. 오늘도 몇몇 일본 관중이 욱일승천기를 들고 왔다가 구장 관리인들에게 제지당했다.

삼열은 마운드에서 동료들의 축하를 받으며 환하게 웃었다. 애국심이 아닌 개인적인 이유로 참가한 경기지만 참여하는 동안 행복했다.

국가를 대표한다는 것이 어떤 의미인지 시합을 하면서 깨달았다.

나라가 해준 것이 없어 애국심도 없을 것이라고 생각했는데 그렇지가 않았다. 같은 민족이라는 것 하나만으로도 함께 감격했다. 삼열은 아시안 게임을 통해 자신이 한국인임을 비로소 자각했다.

좋아하는 선수들과 관중석에서 위풍당당하게 휘날리는 태극기를 보며 삼열은 어쩔 수 없이 자신도 한국인이라는 것을 깨달았다.

생애 두 번째 이룬 퍼펙트게임을 국가대표팀으로 뛴 경기에서 얻었다. 자랑스럽기도 하고 뿌듯했다. 그냥 기록일 뿐인데, 그렇게 생각했는데, 오늘은 그냥 기록이 아니었다.

축하와 환호를 한 시간 내내 받으며 삼열은 승리가 주는 기쁨을 누렸다. 그리고 생각했다. 많은 이들의 꿈이 이루어졌다고.

삼열은 마운드에서 내려와 라커룸으로 들어갔다. 선수들이 준비한 샴페인이 터지고 기쁨의 소리도 같이 터졌다.

삼열이 옷을 갈아입고 나오는데 김성곤 감독이 인터뷰하라고 했다. 그는 기자들 앞에 나갔다.

—×× 일보의 김기덕입니다. 강삼열 선수, 먼저 오늘 뜻깊은 승리를 축하합니다.

—감사합니다. 국민 여러분이 응원해 주셔서 쉽게 이겼습니다.

—트위터에 예고하신 대로 퍼펙트게임으로 이겼는데 소감 한 말씀 부탁합니다.

—뭐, 기분이 좋습니다.

—일본 팀이라 더 긴장하거나 하지 않았습니까?

—일본 사람을 싫어하거나 하지는 않습니다. 그냥 다른 팀과 같죠. 다만 양국의 정치 지도자들이 껄끄럽게 해서 부담이 더 되기는 했습니다.

—일본 팀에 한 말씀 부탁합니다.

—개인적으로 잘 모르는 분들에게 말씀드리기는 뭐한데요, 일본 선수들도 수고하셨습니다.

—사사키 선수가 던진 공에 대해 어떻게 생각하십니까?

삼열은 인상을 찌푸렸다. 사사키가 무엇을 하든 그게 무슨 상관이란 말인가. 억양이 낯익어 보니 그 얼큰이 기자였다.

—실투인지 아닌지는 본인밖에 모릅니다. 그분에게 여쭤보시기 바랍니다. 선수는 그저 이기기 위해 노력할 뿐이죠. 누구나 납득할 수 있는 방법과 수단을 통해서요. 전 오늘 그렇게 해서 승리했습니다.

삼열은 몇 가지 질문을 기자들에게 더 받고 인터뷰를 마쳤다. 그리고 마리아와 사라를 만나 호텔로 돌아왔다.

그 이상한 기자가 신경 쓰였지만 어떻게 할 방법은 없었다. 기자는 취재를 한 것뿐이니 말이다. 그 과정에서 서로 맞지 않아 불쾌감을 느꼈을 뿐이다.

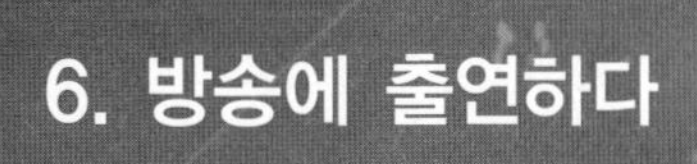

6. 방송에 출연하다

호텔로 돌아와 늦은 밤에 다시 작은 파티를 했다. 승리는 언제나 즐겁다.

이 즐거움을 위해 땀을 흘리는 것이다. 삼열은 느긋하게 승리의 여운을 느꼈다.

침대 위에서 마리아가 삼열의 가슴에 기대고 누웠다.

"기분 좋아요?"

"응, 아주 좋아. 많은 사람이 기대하고 있던 경기라 더 힘들었는데."

"한국과 일본, 두 나라는 서로 안 좋아하죠?"

마리아가 약간 걱정하는 눈빛으로 물었다. 삼열은 피식 웃으며 마리아의 머릿결을 손으로 어루만졌다.

"좋을 수가 없지. 누구라도 일방적으로 침략을 당하면 기분 좋지는 않잖아. 그런 역사를 가지고 있으니까 엉망이 돼. 참혹하고 비참해지고. 진심으로 사과해도 용서해 줄까 말까 한데 매년 헛소리를 하니 한국 사람들이 열 받지."

"그렇군요."

"응, 한국이 분명 맞았는데 일본은 때리지 않았다고, 그런 적 없다고 하니 기가 막힌 거지. 그 이야기는 그만해."

"피곤해요?"

"아니. 당신도 홀몸도 아닌데 장시간 불편한 의자에 앉아 힘들었잖아."

"재미있었어요."

삼열은 마리아의 뺨에 키스하며 미소를 지었다. 이 행복이 낯설지만 정말 좋았다.

"나……."

마리아가 얼굴을 붉히며 소곤거렸다.

"……?"

"당신이랑 오늘 사랑하고 싶어요."

"그래도 돼?"

"그럼요. 우리가 지나치게 조심하고 있는 거예요."

삼열은 마리아를 일으켜 키스했다. 만지면 깨질까 조심스럽게 쓰다듬었다.

혀와 혀가 만나고 타액이 교환되면서 사랑하는 마음도 함께 전해졌다. 서로를 소중히 여기고 있음을 알기에 이전처럼 서로의 몸짓이 자극적이지 않아도 그냥 같이 있는 것이 좋았다.

불꽃처럼 서로의 몸을 태울 것처럼 뜨겁지 않아도 마음이 느끼는 것은 더 컸다. 성적 자극과 쾌락이 따뜻한 신뢰로 바뀌어 마음을 감쌌다.

삼열은 다음 날 늦게 일어났다. 어제 긴장했던 탓에 우두둑 하고 뼈가 소리를 질렀다. 일어나 몸을 움직이는데 마리아는 아직도 잠에서 깨어나지 않고 있었다.

가볍게 씻고 거실에 나오니 사라가 빙그레 웃었다. 삼열은 얼굴을 붉혔다.

"안녕히 주무셨어요, 장모님?"

"잘 잤네. 호호."

사라의 웃음에 삼열은 고개를 숙이며 눈알을 굴렸다.

'이제 한국에 있을 일이 없으니 빨리 돌아가자고 말씀드리자.'

"저… 장모님."

삼열이 말이 채 끝나기도 전에 사라가 말을 했다.

"사위의 에이전트가 전화를 해왔네. 사위가 안 받아서 내가 받았네."

"아, 네."

"OO 방송국에서 △△ 프로그램에 출연해 달라고 하던데……."

삼열은 약간 마음이 동했다.

예전이라면 단번에 거절했을 테지만 이번에 대표팀 선수로 뛰어서인지 이전보다는 한국이 친근하게 느껴졌고 △△ 프로그램에 대한 이미지도 좋았기 때문이다.

샘슨 사에 전화해야 하나 고민을 하고 있는데 마리아가 끼어들었다.

"엄마, 정말이에요?"

"여보."

삼열은 고개를 돌려 마리아를 바라보았다. 언제 나왔는지 마리아가 하품하며 서 있었다.

마리아는 어제 삼열과 대화를 하면서 한국에 대한 그의 생각이 조금 달라진 것을 느꼈다.

"너희 둘이 알아서 하렴. 난 좀 더 기다려 줄 수도 있으니까."

사라가 말을 마치고 자신의 방으로 들어갔다. 마리아는 빤히 삼열의 얼굴을 바라보았다.

"여보, 우리 출연해요."

"응……? 왜, 당신 하고 싶어?"

"당신이 하고 싶어 하잖아요. 당신도 불행했던 추억들과 이별을 해야죠. 물론 좋은 추억도 함께요. 뭐, 그렇다고 아주 이곳 생각을 하지 말라는 것은 아니에요."

"그, 그럴까?"

삼열이 말을 마치자마자 마리아가 고개를 끄게 끄덕였다. 삼열은 그런 마리아를 껴안고 말했다.

"고마워. 항상 내 입장에서 생각해 줘서."

"피이, 아닌데. 난 오직 나와 태어날 우리 아기만 생각해 달라는 건데."

삼열은 마리아의 체온을 느끼며 창밖을 바라보았다. 투명한 가을의 날씨가 청명하게 하늘 위에서 빛나고 있었다.

삼열은 마리아의 말대로 하기로 했다.

이곳에서의 추억과 이별하기 위해, 슬픔이 가득했던, 그리고 고통이 가득했던 시간과 헤어지기 위해 방송에 출연하기로 했다.

방송에 출연한다고 과거가 사라지는 것은 아니지만 그냥 사람과 대화가 하고 싶었다.

이곳에 살았던 시간들에 대해, 추억에 대해 누군가와 이야기를 하고 불행했던 시절과 헤어지고 싶었다. 그리고 가끔 떠오르는 아득한 추억과도 이별해야 했다.

삼열은 방송사에 전화해서 출연하고 싶다는 이야기를 했다. 그러자 오후에 담당 피디가 찾아왔다.

어떻게 촬영할 것과 어떤 이야기를 나눌 것에 대해 대략적인 이야기를 나누었다. 그리고 다음 날 아침에는 세 명의 작가가 호텔로 와 방송할 내용에 관해 이야기하며 대본을 만들었다.

*　　　*　　　*

3일째 되는 날 오후에 촬영이 시작되었다. 방송 촬영은 호텔에서 하기로 했다.

마리아가 임신 중이라 심리적으로 안정적인 곳에서 촬영하고 싶었기 때문이다.

이 방송만 마치고 미국으로 돌아갈 예정이라 독점 방송을 하게 된 피디는 만사를 제쳐 놓고 촬영을 밀어붙였다.

"어서 오세요."

삼열은 방송 관계자들을 보며 말했다. 미국 방송에도 출연을 했었지만 세트장과 외부의 촬영하는 모습이 달라서 흥미로웠다. 박수영 피디는 마리아가 한국말을 할 줄 아는 것에 매우 놀라워했다.

마침내 촬영이 시작되었다. 피디의 큐 사인이 떨어지자 유재덕 MC가 차분하지만 활달한 어조로 이야기를 진행하기 시작했다.

삼열은 작가들과 이야기했던 대로 일상적인 이야기와 마리아와의 만남 등에 대해 차분히 풀어나갔다.

—우리는 다른 커플과는 거꾸로 되었어요. 아내가 저에게 청혼하고 제가 받아들였죠.

—대단하네요. 그럼 마리아 강 부인에게 물어보겠습니다. 그때 어떤 심정이었나요?

—남편은 저와 결혼하고 싶어 했어요. 그러나 사정이 여의치 않자 망설였죠. 남편은 고아이고 그 때문에 전에 상처가 있었어요.

마리아는 잠시 삼열을 바라보고 말을 이었다.

—난 그 상처를 보듬어 주면서 조금씩 그이의 마음을 얻기 시작했죠. 정식으로 교제를 시작하면서 남편이 나와 결혼할 마음이 있는 것을 알고 교외의 약식 결혼식장에서 준비한 반지를 남편에게 주며 청혼했죠.

—혹시 떨리시지는 않으셨어요?

—떨렸어요, 무척이나. 하지만 멋진 일이잖아요. 이렇게 좋은 남자를 얻는 일인데 망설인다는 것은 바보 같은 일이죠.

남자든 여자든 일생을 같이 나누고 싶은 사람이 있으면 용기를 내야 해요. 남편이 용기가 없어서 용기 많은 내가 했어요.

마리아가 말을 하며 삼열을 째려보자 그가 다른 곳을 바라보며 대신에 마리아의 손을 꽉 쥐었다. 그리고 미안한 표정으로 마리아를 다시 바라보았다.

—하하, 정말 다정한 모습입니다. 한국에서 하고 싶은 게 있으십니까?

—이곳에서 벌이는 소송이 있는데 거의 끝나갑니다. 제 부모님 재산을 빼돌린 사람이 재산을 탕진하고 남은 재산은 명의 변경을 해서, 그 이탈된 재물을 원상 복구하는 것이 좀 복잡하더군요. 그래도 변호사가 잘하고 있습니다.

—그 이야기는 저도 듣고 안타깝게 생각했습니다. 그런 일이 일어나면 안 되는데, 참. 어쨌든 일이 잘 마무리되시기를 바랍니다.

촬영은 세 시간 정도 소요되었다.

중간에 장모인 사라도 잠시 인터뷰를 했고 메이저리그의 이야기도 했다. 짧은 시간이라 말하고 싶은 것을 다 하지는 않았지만 이유 없는 억눌린 감정이 촬영을 마치자 사라진 느낌이었다.

삼열과 마리아가 출연한 내용이 방송되자 사람들은 삼열의 불행과 행복을 같이 느끼며 즐거워했다.

덕분에 파워 업 티셔츠가 한국에서도 불티나게 팔리기 시작했다.

7. 사고를 당하다

한국에서의 시간은 즐거웠다. 과거를 용서한다는 것, 그래서 잊을 수 있다는 것은 새로운 시작을 의미하고 어떤 의미에서는 진정한 행복으로 가는 전제 조건이기도 했다. 그래서 좋았다.

지난 시간들, 고통스러웠던 한국에서의 기억들이 시간이 지나면서 흐릿해지고 희석되어 가면서 새로운 희망을 가지게 했다.

삼열은 행복했다.

마리아는 애초에 걱정했던 것보다 건강했고, 또 자신은 2년

만에 메이저리그 47승, 평균 자책점 1.01의 투수가 되어 그 누구도 무시할 수 없게 되었다.

올해 사이드 옵션으로 800만 달러의 보너스를 받았고 연봉 120만 달러와 올스타전에 참여한 수당을 합하면 1천만 달러에 달하는 돈을 벌었다.

게다가 크고 작은 CF를 찍어 따뜻한 한 해가 되었다. 이보다 더 좋을 수 없었다.

자신이 이렇게 행복해도 되나 싶을 정도로 모든 일이 형통했다. 운명의 신이 자신의 편이라고 생각이 될 정도로 모든 것이 잘나갔다. 그래서 삼열은 괜히 더 걱정이 되었다.

삼열은 배가 불러 움직일 때마다 힘들어하는 마리아를 보며 걱정스러운 표정으로 말했다.

"여보, 이제 병원에 입원해야 하는 거 아니야?"

마리아는 살이 쪄서 예전의 날씬한 몸매는 생각할 수 없을 정도가 되었다.

자궁에 물혹이 있어 잘 먹고 버텨야 했다. 그래서 몸에 좋은 음식을 먹다 보니 자연 몸무게가 늘었다.

"아니에요. 난 당신이 옆에 있는 게 더 좋아요."

"여보, 하지만 내가 의사는 아니잖아."

"호호, 임신은 병이 아니에요. 그러니 걱정하지 말아요. 아기가 세상에 나올 준비가 되면 신호를 줄 거예요. 그때 가도

늦지 않아요."

삼열은 마리아가 고집을 부리는 것이 불안했다. 하지만 당사자가 강하게 나오니 어쩔 도리가 없다.

마리아는 삼열의 말을 듣고 웃었다.

아직 아기가 나오려면 한 달가량의 시간이 남았다. 자신도 걱정이 안 되는 것은 아니지만 지금 병원에 간다면 사람들에게 욕먹을 짓이라고 생각했다. 돈이 있어 입원하는 것은 자유지만, 정작 필요한 환자가 베드가 없어 어려움에 처할 수도 있기 때문이다.

삼열은 집과 연습장을 오가며 겨울을 보내고 몇 개의 광고를 더 찍었다. 그리고 이전보다 더 자유롭게 스크루볼을 던질 수 있게 되었다.

어깨와 팔꿈치를 강화하는 훈련을 하면서 연습하는 것이라 몸에 무리가 가지는 않았다.

공포의 마구를 이제 실전에 써먹을 수 있게 될지도 모른다는 생각에 기분이 좋았다.

구질이 다양하다는 것은 정말 매혹적인 일이다. 투수가 타자에게 던질 수 있는 공의 종류가 많다는 것은 그만큼 선택의 여지가 많다는 것이고, 이는 쉽게 경기에서 지지 않는다는 말과도 같았다.

지금은 강력한 직구 덕분에 뛰어난 성적을 거두고 있지만 직구의 구속을 유지하는 것은 결코 쉬운 일이 아니다. 나이가 들거나 부상이라도 당하면 구속의 저하는 생각보다 쉽게 찾아온다. 미리 준비하지 않으면 순식간에 은퇴의 순간이 오고 만다.

"잘되어 가?"

로버트가 오전에 연습장에 나와 배트를 휘두르다가 삼열이 쉬자 다가와 말을 걸었다.

"그래. 넌 어떠냐?"

"나도 괜찮아."

"동생들은 잘 지내?"

"응, 동생들이 많이 컸어. 2주 후에는 집에 갔다 오려고."

삼열은 로버트가 가족을 생각하며 행복한 미소를 짓는 것을 부러운 눈으로 바라보았다.

삼열은 동생들을 돌보는 것을 전혀 짐스러워하지 않는 그가 좋았다. 그래서 아옹다옹하면서도 그와 친하게 지내는 것이었다.

"아기는 언제 나와?"

"이제 얼마 안 남았어."

"딸?"

"응."

"와아! 좋겠다."

로버트가 진심으로 부러운 눈으로 삼열을 바라보았다. 그도 결혼하고 싶은 마음은 있었다. 하지만 가족을 돌보아야 한다는 것 때문에 여자 사귀는 것이 망설여졌다.

그는 야구를 떠나 다른 일은 잘하는 것이 없기에 조심하는 면이 많았다. 그는 세상일에 정말 서툴렀다.

그라운드에서는 빛나는 천재지만 그라운드만 벗어나면 정말 사기당하기 딱 좋은 성격이었다. 무엇 하나 자신의 힘으로 할 수 있는 것이 없을 정도였다.

정말 그는 맨발의 조와 비슷했다. 다만 다른 것이 있다면 조에게는 없는 에이전트가 로버트 옆에 있다는 것. 그것이 그에게는 천만다행이었다.

*　　　*　　　*

올겨울은 유난히 추웠다. 영하 20도 이하의 날이 계속되는 날이 많았고 폭설이 내리기도 했다. 변덕스러운 날씨에 사람들은 지구의 환경을 걱정하였다.

2월 15일 눈이 내리는 날, 마리아는 병원에서 딸을 낳았다. 삼열은 갓 태어난 딸을 보며 묘한 감정에 사로잡혔다.

그것은 말로 표현할 수 없는 감동이었고 운명의 끈으로 자신과 아기가 묶이는 느낌이었다. 아기가 하품하는 모습도 눈을 깜박이는 것도 손발을 움직이는 것도 모두가 신기하고 좋았다.

"여보, 너무 아기만 보지 말고 나도 봐줘요."

"당신을 닮았어. 아기가 예뻐."

마리아는 삼열의 말에 피식 웃었다. 아기의 얼굴은 쭈글쭈글해서 아직은 예쁘지 않았다. 그런데도 예쁘다고 말하니, 자신도 그렇지만 남편도 어쩔 수 없다고 생각했다. 그리고 부모의 눈에 예쁘지 않은 자식이 있을까.

특실에서 몸을 추스르고 있던 마리아가 딸만 바라보는 삼열을 보며 질투 어린 말로 잔소리를 했다. 그럴 때마다 삼열은 어쩔 줄 몰라 하며 허둥대었다. 그가 예전에 말했듯이 그는 준비된 아빠가 아니었다.

모든 일에 서툴러 마리아에게 잔소리 비슷한 말을 들어야 했지만 삼열은 그럴 때마다 웃었다.

아기가 태어나 좋았지만 문제는 밤낮이 바뀌어 잠을 제대로 자지 못하는 것이었다.

아기는 울고 먹고 잤다. 그것이 다였지만 삼열은 딸을 떠나지 못하고 하루 종일 곁에 있었다.

그 모습을 보며 마리아가 혀를 찼다. 이럴 줄은 알았지만 그래도 정도가 너무 심했다.

시간이 바람처럼 흘렀다.

시간처럼 빠르게 가는 것은 없다고 여겨질 만큼 시간이 빠르게 흘렀다.

아기는 5개월 만에 일어나 걸을 준비를 했다. 아기는 무엇보다 힘이 셌다. 의자를 밀면 제법 무게가 나가는 의자가 뒤로 주르륵 밀렸다.

"여보, 우리 줄리아가 나중에 원더우먼이 되는 건 아닐까?"

삼열은 힘이 센 줄리아를 보며 걱정 아닌 걱정을 했다. 아기는 마리아를 닮아 무척이나 예뻤다.

삼열은 딸이 자신을 닮지 않아 다행이라고 생각했지만 힘이 너무 센 것은 문제라 생각했다. 이러다가 커서 여자 역도 선수가 되지 않을까 싶을 정도였다. 다행히 아기는 잘 먹고 잘 컸다.

"저도 걱정이에요."

마리아도 거실을 기어 다니는 딸을 보며 걱정 어린 표정으로 대답했다. 힘이 세다 보니 주변의 소파나 가구를 잡고 일어나 한참을 서 있다가 뭐가 좋은지 웃곤 했다.

아기가 팔짝팔짝 뛴다. 아직 걷지 못하기에 엉성한 동작이지만 아기가 기분이 좋은 것은 사실이었다.

"줄리아! 우리 예쁜 딸."

"꺄르륵. 꺅."

삼열은 딸을 안고 뺨을 비볐다.

세상에서 가장 소중한 보물이었다. 그는 딸을 볼 때마다 세상에서 제일 잘 키울 결심을 했다. 그러나 가장 비싼 옷과 좋은 음식을 주려는 시도는 마리아에 의해 여지없이 거부당했다.

마리아는 아기에게 좋은 것을 주기보다는 좋은 것을 보여줘야 한다며 세상을 사랑하는 법, 서로 존중하는 법을 가르쳐야 한다고 했다. 삼열은 아무런 말도 못하고 가만히 있었다.

머리는 좋지만 육아에 대해서는 아는 게 없는 그였다. 게다가 한국 남자들은 육아를 아내에게 미루는 경향이 있는데 삼열도 그러했다. 그래서 딸을 예뻐는 하지만 육아에 대한 모든 결정은 마리아가 했다.

그러는 동안 메이저리그가 개막되어 삼열은 2승을 거두었다. 그는 너무 기분이 좋았다. 이보다 어떻게 더 좋을 수가 있다는 말인가.

*　　　*　　　*

비가 조금씩 내리는 날이었다. 오늘은 새로운 광고 계약을 하러 가는 길이었다. 드디어 나이키가 장기 계약을 제시했다. 아직 액수가 정해지지 않았지만 수천만 달러의 계약이 될 것이 틀림없다.

'하지만 가기 싫은데.'

비가 거세어졌고 날은 어두웠다. 하늘은 온통 먹구름으로 가득했다. 아름다운 봄의 날씨가 어두운 터널처럼 음산하게 바뀐 이런 날에는 움직이기가 싫었다.

하지만 시간은 오늘밖에 없었다. 나이키는 삼열이 예상했던 것보다 더 많은 것들을 제시했다. 놓칠 수 없는 기회였다. 그리고 내일부터는 원정경기가 시작되어 오늘밖에 시간이 안 났다.

나이키는 타이거 우즈의 계약 기간이 얼마 남지 않아 후속 모델을 물색하고 있었다. 당연히 수많은 후보가 있었고 삼열도 그중 한 명이었다.

삼열보다 더 인기 많은 농구 스타와 미식축구 스타들이 거론되었지만 그들은 모두 하나둘씩 흠이 있었다. 그래서 기회가 삼열에게까지 왔다. 그의 가정적인 모습이나 대중적인 인기가 마지막에 강하게 어필한 것이다.

삼열은 이번 계약을 맺으면 최소한 수천만 달러를 받게 될 것이라는 것을 알고 있었지만, 오늘 같은 날 움직이는 것이 정말 내키지 않았다. 더욱이 딸의 얼굴이 눈에 어른거리곤 해서 그런 마음이 더욱 들었다.

"젠장, 젊을 때 한 푼이라도 더 벌어야 처자식 먹여 살리기가 수월하지."

삼열은 마흔이 되고 쉰이 되어도 야구를 하고 싶다. 야구를 하는 것만큼 그를 즐겁게 만드는 일은 없으니까. 하지만 그것은 바람일 뿐, 상황이 되어야 가능한 것이다.

랜디 존슨이나 그렉 매덕스나 또는 메이저리그의 전설적인 선수들이 그랬듯 오랫동안 야구를 하고 싶은 것은 모든 메이저리거의 소망이다. 하지만 자신의 의지대로 은퇴할 수 있는 사람은 몇 되지 않는다.

대부분의 선수는 스스로 물러나기 전에 구단이 먼저 은퇴를 종용한다. 그것이 문제다.

빗방울이 거세어졌고 삼열은 쏟아지는 빗속을 뚫고 조심스럽게 달렸다.

'가지 말까?'

마음속에 계속 이러한 생각이 들었다. 약속 장소인 호텔이 가까워질수록 이런 마음은 더 강해졌다.

'왜 이러지? 배가 불렀나? 내가 돈을 보고 망설이다니!'

삼열은 손바닥으로 얼굴을 살짝 치며 망상에서 깨어나려고 노력했다. 이제 얼마 남지 않았다. 산을 하나 돌아 내려가면 목적지가 바로 앞이다.

삼열은 안도의 한숨을 내쉬며 90분간의 드라이브가 무사히 끝나가는 것을 기뻐했다. 그만큼 오늘 날씨가 무척이나 나빴다.

"젠장, 꼭 이런 날 계약을 해야 해?"

삼열은 투덜거렸지만 오늘 계약해야 내년부터 방송에 나갈 수 있다는 것을 알고 있다.

워낙 큰 계약이라 방송에 나가기 전에 수없이 많은 기획을 통해 광고 촬영이 진행된다.

계약서에 사인하게 되면 1년에 1천만 달러에 가까운 돈을 받을 수 있다는 언질을 에이전트를 통해 들었다.

광고 수십 개를 찍어야 받을 수 있는 돈을 한 개의 기업 광고를 찍으면 받게 되는 것이니 이런 불편함 정도야 감수할 수밖에 없다.

'됐어. 이제 저기야.'

눈앞에 호텔의 불빛이 비치고 있었다. 그때였다. 어둡고 뭉툭한 무엇이 자신을 향해 달려오는 것 같아 삼열은 눈을 비볐다. 거대한 트럭이 갈 길을 잃은 양처럼 비틀거리며 마주 달려오고 있었다.

"안 돼!"

삼열이 클랙슨을 누르는 찰나 퉁 하고 돌이 유리창에 튀었다. 유리에 금이 갔고 그 사이로 빗물이 새어 들어왔다. 도로

위도 큰 돌들이 떨어져 있었다.

퉁.

바퀴에 걸리는 돌 때문에 차가 기우뚱했다. 바로 그때 마주 오던 거대한 트럭이 삼열이 타고 있는 차를 덮쳤다.

삼열은 급히 운전대를 틀었다. 난간에 차가 부딪치는 소리가 요란했다.

"×발, 운전을 졸면서 하는 거야?"

삼열은 운전대를 두 손으로 꽉 쥐었다. 트럭이 스치고 지나가면서 튀긴 돌이 뒤의 유리를 뚫고 차 안으로 들어왔다.

"헉, 뭐야!"

그때 삼열은 무너져 내리는 산을 보았다. 아니, 산에서 밀려나온 흙과 돌들이 순간 눈앞으로 밀려왔고 삼열의 차는 미끄러지기 시작했다.

브레이크를 밟았지만 미끄러지는 빗물에 밀려 차가 기우뚱 틀어지더니 도로 밖으로 튕겨나갔다.

"악!"

삼열은 이를 악물고 운전대를 잡고 밀리지 않으려고 했지만 어쩔 수가 없었다. 비가 너무 많이 왔고 상황은 너무 좋지 않았다.

쿵.

삼열은 극심한 충격을 받고 의식을 잃었다. 차가 10여 미터

밑으로 굴렀다. 약속시간에 늦어 차의 속도를 줄이지 않은 탓에 위기를 빠르게 피하지 못한 것이다.

삼열은 쏟아지는 비가 부서진 창문을 통해 들어오자 의식을 되찾았다. 온몸이 끊어질 듯 아팠다.

'뭐가 어떻게 된 거지?'

눈을 떠보니 빗물 사이로 흐르는 핏물이 보였다. 몸을 움직여보니 끊어질 듯 아팠다.

"안 돼! 아, 줄리아!"

삼열은 딸의 이름을 부르며 힘을 내려고 노력했다. 그럴수록 몸은 더 무거워졌다.

'여기서 의식을 잃으면 죽을지도 몰라. 피를 너무 많이 흘렸어. 의식을 잃고 있는 동안에도 흘렸다면 이제 시간이 얼마 남지 않았을 거야. 일어나야 해.'

삼열은 혼신의 힘을 다해 문을 열고 밖으로 나왔다. 다행히 비는 잦아들고 있었다. 땅바닥에 누워 숨을 헐떡이다 고개를 들어보니 가슴과 어깨에서 피가 철철 흘러내리고 있었다.

'젠장, 출혈이 너무 심해.'

삼열은 기어서 부서진 트렁크 사이에서 수건을 꺼내 어깨와 가슴을 압박했다. 다행히도 타월이 커서 어깨와 가슴을 모두 누를 수 있었다.

수건의 앞부분을 뾰족한 돌로 찢어 여러 조각으로 잘라 엉성하게라도 묶자 흘러내리는 피가 줄어들었다. 이렇게 할 수 있는 것 자체가 기적이었다. 몸을 움직일 때마다 오른쪽 어깨와 폐에 격렬한 통증이 뒤따라왔다.

'체온이 내려가면 절대 안 돼. 그리고 빨리 구조를 요청해야 해.'

삼열은 주머니를 뒤졌지만 핸드폰을 찾을 수가 없었다. 어두운 날씨 탓에 지나가는 차들이 없어서 목격자가 신고를 해줬을 가능성도 적었다. 게다가 새롭게 산에서 밀려 내려온 낙석 탓에 그 가능성은 더 줄어들었다.

'어떻게 하지? 이렇게 죽어야 하나?'

삼열은 가랑비로 변한 비를 맞으며 어두운 바닥에 앉아 생각했다. 어쨌든 움직여야 한다. 호텔은 차로 십 분 거리에 있다. 어떻게 하든 먼저 핸드폰을 찾는 게 우선이었다.

'빨리 신고를 해야 해.'

삼열은 부서진 차로 다시 기어가 의자 밑에 뒹굴고 있는 핸드폰을 발견했다.

'있어! 다행이야.'

삼열은 핸드폰을 꺼냈다. 다행스럽게도 차에서 핸드폰을 꺼내는 것은 힘들지 않았다.

911에 신고를 하고 삼열은 이제 어떻게 해야 하나 걱정을 했다. 움직여서인지 피가 다시 흘러내리기 시작했다. 어두침침한 의식이 더 흐릿해지기 시작했다.

'내게 왜 이런 일이 일어나는 거야. 어쩐지 그동안 너무 행복하다 했어. 젠장!'

삼열은 흐릿해지는 의식을 부여잡으려다가 어느 순간 정신을 잃고 말았다.

그 찰나의 순간에 삼열은 자신이 죽어가고 있다고 생각했다. 그러자 웃는 딸의 얼굴이 떠올랐다. 딸과 아내를 남겨두고 죽는다고 생각하니 억울했다. 이제 살 만해졌는데 이렇게 되다니. 분노가 가슴을 강타했다. 그리고 말할 수 없는 슬픔이 느껴졌다.

잦아들었던 비가 다시 굵어지기 시작했다.

삼열이 의식을 잃자 그의 심장에 있던 불의 씨앗이 깨어났다. 나무의 뿌리가 생기고 가지에 열매가 열리듯 온몸에서 불꽃이 뛰어나왔다.

그 불꽃의 도마뱀은 삼열의 몸을 돌아다니며 상처 난 부분을 치유하기 시작했다.

부서진 뼈가 맞춰지고 피를 토해 내던 상처가 아물었다. 창백했던 삼열의 얼굴에 홍조가 어렸다.

*　　　*　　　*

삼열이 깨어난 것은 이틀이 지난 후였다. 병원의 침대에 누워 눈을 뜨자 걱정스러운 눈으로 자신을 바라보는 마리아의 모습이 보였다.

"여보, 정신 들어요?"

"응. 줄리아는?"

"엄마가 와서 봐주고 있어요. 다행이에요. 다친 부위가 저절로 아물었대요. 기적이래요."

"아, 나 살았군. 다행이야!"

삼열은 좋아하면서도 그늘진 마리아의 얼굴을 바라보며 무엇인가 잘못되었다는 생각을 했다. 급히 손발을 움직여 보니 다행스럽게도 이상이 없었다.

'살아 있으니 되었어. 욕심이 과했어. 돈 욕심 그만 부리고 이제 정말 가늘고 길게 살아야겠어.'

마리아의 눈치를 살피니 자신에게 안 좋은 일이 생긴 것 같지만 살아남은 것이 삼열에게는 가장 중요했다. 게다가 사지 중의 어느 하나도 잃지 않았으니 다행이었다. 다시 눈이 감기고 졸음이 몰려왔다.

마리아는 삼열이 다시 잠들자 나직하게 한숨을 내쉬었다. 그의 오른쪽 어깨가 이전과는 다르게 축 처져 있었다. 병원에서도 왜 이렇게 되었는지 이해하지 못하겠다고 했지만 마리아는 알았다.

남편의 몸에 있던 신비한 능력이 그 효능을 발휘했다는 것을. 그래서 삼열은 살았지만 몸이 기형으로 변해 버렸다.

마리아는 삼열의 얼굴을 만지며 조용히 속삭였다.

“그래도 여전히 당신을 사랑해요.”

마리아는 수줍게 미소를 지었다. 그녀는 남편이 이렇게라도 살아남은 것이 정말 행복했다. 남편의 외모가 조금 변했지만 그녀가 사랑한 것은 그것이 아니었다.

‘당신이 힘들어하는 시간 내내 나와 당신의 사랑스러운 딸이 함께할 거예요. 우리는 가족이잖아요. 그러니 슬퍼하지 말아요.’

삼열은 여전히 깊은 잠에 취해 깨어나지를 못했다. 마리아는 희미한 미소를 짓고 주먹을 꽉 쥐었다. 창밖에는 다시 비가 내리기 시작했다.

삼열이 다시 깨어난 것은 하루가 꼬박 지나서였다. 한숨 푹 자고 일어나니 이제는 정신이 맑아졌다. 침대 옆에서 마리아가 엎드려 자고 있었다.

삼열은 곤히 자고 있는 마리아를 들어 침대에 눕히려다가 오른쪽 어깨에 격렬한 통증을 느끼고 멈췄다.

그가 마리아를 들다가 실패했음에도 불구하고 마리아는 여전히 잠에서 깨어나지 않고 있었다. 그녀는 어제 삼열을 간호하다가 너무 늦게 잠이 들었다.

삼열은 마리아를 침대에 눕히는 것을 포기하고 어깨가 이상하다고 생각하며 벽거울을 봤다. 오른쪽 어깨가 밑으로 축 처져 있었다. 무엇인가 잘못된 것이다.

'뭐지?'

얼마 전까지 170km/h를 던지던 팔이 망가져 있었다. 삼열은 충격을 받았다. 이 팔을 하고서는 도저히 마운드에 설 수 있을 것 같지 않았다. 이것 때문에 마리아가 그토록 걱정스러운 얼굴을 하고 있었구나, 하는 생각이 들었다.

살았다는 것 자체가 큰 위안이기는 했지만 한편으로는 실망이 되기도 했다. 그렇게 큰 사고를 당하고도 살아서 딸의 성장을 볼 수 있게 된 것은 축복이었다. 그러나 축 처진 어깨를 보면 마음속으로 이제 어떻게 해야 하나, 말할 수 없는 슬픔이 밀려왔다.

문을 열고 나오자 간호사가 놀라 의사를 불렀다. 삼열은 빠르게 다가온 의사를 멍한 표정으로 바라보았다.

"알렉산더 메첸스라고 합니다."

회색 머리의 의사가 삼열에게 자신을 소개했다. 삼열은 반사적으로 대답했다.

"삼열 강입니다."

"생각보다 일찍 깨어나셨군요. 이틀 정도 더 있어야 될 줄 알았는데요."

"어떻게 된 것이죠?"

"일단 자리를 옮기죠. 이리로……."

삼열은 알렉산더의 뒤를 따라갔다. 자신을 바라보는 주위의 눈길이 부담스러웠지만 지금은 그게 문제가 아니었다.

"앉으시죠."

삼열은 의사가 권한 의자에 앉았다. 알렉산더는 자신의 책상 위의 모니터를 바라보며 삼열에 대한 자료를 찾았다. 그리고 차분한 어조로 이야기했다.

"어떻게 사고가 났는지 기억하시나요?"

"네."

"그렇다면 이야기하기 편하겠군요. 911 응급차가 삼열 강 환자를 이곳으로 운반했을 때 상처는 치명적이었습니다. 운전하시던 차가 10미터 아래의 계곡으로 굴렀고 차는 완파되었습니다. 이해할 수 없는 것은 그 사고로 환자의 부러진 뼈들이 너무나 빠르게 붙은 흔적이 검사를 통해 나왔습니다. 그리고 오른쪽 어깨 부분은 뼈가 잘못 붙었습니다."

"그러면 어떻게 되나요?"

삼열은 두려움이 담긴 어조로 물었다. 그런 삼열을 보며 알렉산더가 웃으며 말했다.

"별것 아닙니다. 잘못 붙은 뼈는 수술을 통해 다시 분리해서 원래의 자리에 맞추면 됩니다. 다행히도 뼈가 조각조각 난 것이 아니라 큰 수술은 아닙니다. 수술하면 일상적인 생활에는 전혀 지장이 없을 것입니다. 하지만 공을 던질 수 있게 될지는 알 수 없습니다. 척골인대도 나가서 토미존 수술도 병행하여야 합니다. 루이스 요컴 박사가 특별히 이틀 후에 이리로 오실 것입니다. 우리는 운동 역학에 대해서는 무지합니다. 어떻게 수술을 해야 원래의 몸을 회복하는 데 유리한지를 토의한 후 가능한 빠른 시일 안으로 수술 일정을 잡을 것입니다."

"루이스 요컴 박사님이 시간이 나나요? 무척이나 바쁘신 분으로 알고 있는데……."

"마리아 강 부인과 이야기를 마쳤습니다. 어떻게 하든 정상으로 돌아가는 데는 문제가 없습니다. 하지만 운동선수로서는 확언을 해드릴 수가 없습니다."

"그렇습니까?"

삼열은 알렉산더가 보여주는 사진들을 보며 뼈가 어떻게 부서졌고 차후에 어떻게 수술이 이루어질 것이라는 이야기를 들었다.

정형외과적인 문제는 별것 아니지만 외과 수술과 병행되면서 수술이 까다로워진 것이다.

삼열은 의사의 방을 나오면서 생각에 잠겼다. 지금은 무엇 하나 안심할 수 없는 상황이다. 좋아하는 야구를 더는 못하게 될지도 모른다.

허탈하고 슬펐지만 겉으로 티를 내서는 안 된다고 생각했다. 이제는 혼자가 아니기 때문이다. 딸과 아내가 자신을 바라보고 있다.

슬픔과 두려움을 겨우 삼키고 병실로 돌아오니 마리아가 깨어나서 초조하게 그를 기다리고 있었다.

"담당의를 만났어요?"

삼열은 마리아의 말에 고개를 끄덕였다. 아마도 간호사가 이야기해 준 듯했다. 삼열은 말없이 마리아를 안았다. 무슨 말을 해야 할지 몰랐다. 하지만 말하지 않아도 무엇을 생각하는지 서로 알고 있기에 두 사람은 말을 아끼며 두 손을 꼭 잡았다.

"여보, 당신은 이겨낼 수 있어요. 더 큰 것도 극복했잖아요."

"걱정하지 마. 야구를 다시 못 하게 된다고 하더라도 당신과 줄리아와 함께 행복하게 살 거야."

"그래야 내 남편이죠."

마리아가 귀여운 어조로 말하자 삼열은 피식 웃었다. 무척이나 큰일을 당한 것 같은데 왠지 마음이 든든해지고 자신감도 생겼다. 사랑하는 사람과 슬픔을 같이 나눈다는 것이 이렇게 위로가 되는지 예전에는 미처 몰랐다.

삼열은 마리아의 숨결을 느끼며 창밖을 바라보았다. 티 없이 맑은 하늘이 눈에 들어왔다.

'그래. 오른손이 안 되면 왼손 투수가 되고, 그것도 아니면 타자라도 하자. 그것도 안 되면 사업을 하고. 그리고 안테나에 대한 특허 등록도 이참에 하도록 하자. 살았으니 된 것 아닌가. 나에겐 아내와 딸이 있는데 좋아하는 일을 못 하게 되었다고 슬퍼할 이유는 하나도 없어.'

이렇게 마음을 먹자 마리아가 더욱 소중하게 여겨졌다.

"오후에 엄마가 줄리아를 데리고 올 거예요. 당신, 우리 딸 보고 싶었죠?"

"물론이지."

삼열이 웃었다. 슬프고도 행복한 미소가 입가에 꽃처럼 맺혔다.

생각해 보니 지금은 아무것도 아니었다. 부모님이 한순간에 돌아가시자마자 작은아버지가 재산을 훔쳐가고 설상가상으로 루게릭병에 걸렸다. 학교에서는 천재인 그를 시기하고 질시하여 왕따를 시켰다.

그 암울했던 시간들에 비하면 지금은 너무나 행복하다. 비록 야구를 영원히 하지 못하게 된다 하더라도 말이다.

오후에 사라가 줄리아와 함께 병원을 찾았다. 환하게 웃으며 사라가 병실에 들어왔다. 사라의 품에 줄리아가 안겨 있다가 삼열을 보자 두 팔을 벌리고 버둥거렸다.

아빠를 보고 품에 안기려고 애쓰는 모습에 삼열은 마음이 아팠다. 그런데 행복했다.

삼열은 얼른 딸을 품에 안았다. 품에 안긴 딸의 몸에서 나는 우유 냄새를 맡으며 그는 살아남은 것에 다시 한 번 감사했다.

며칠 못 봤다고 자신의 얼굴을 손으로 만지는 모습이 너무 사랑스러워 삼열은 딸의 뺨에 키스하며 비비었다.

"꺄아. 꺄꺄?"

기분이 좋은지 줄리아의 어깨가 연신 들썩였다.

"자네, 이제는 좀 괜찮나?"

"네, 장모님. 감사합니다."

"그만하길 다행이네. 덕분에 나는 우리 꼬마 공주님하고 잘 지냈네."

"아, 정말 고맙습니다."

"얼른 낫기나 하게."

"네."

삼열은 사라에게 진심으로 감사한 마음이 들었다. 사라는 일이 생길 때마다 만사를 제쳐놓고 달려와 함께해 주었다. 그동안 처가식구들은 가족이라는 생각을 못 했었는데 자신의 생각이 완전히 틀렸다.

멜로라인 가문의 안주인으로서 해야 할 일이 얼마나 많겠는가.

그런데도 이렇게 딸의 일에 한걸음에 달려와 주시는 것은 보통 정성이 아니면 불가능한 일이다. 새삼 다정하고 현명한 마리아의 성격이 어디서 나왔는지 말을 하지 않아도 알 수 있다.

사라는 저녁을 같이 하고는 워싱턴으로 돌아갔다.

가기 전 딸에게 '행복하렴!'이라고 말하면서 사랑 가득한 눈으로 바라보았는데, 그 눈빛은 너를 믿으니 힘내라고 말하고 있었다. 그것은 세상의 어떤 언어로도 표현할 수 없는 엄마의 마음이었다.

마리아가 환하게 웃으며 말했다.

"나는 이미 행복한걸요."

어둠이 찾아오자 병원을 휘저어놓던 줄리아는 잠에 빠져들었다. 삼열은 잠든 줄리아의 얼굴을 바라보며 미소를 지었다. 그냥 보고만 있어도 저절로 미소가 나왔다.

*　　　*　　　*

삼열의 수술 일정이 잡혔다. 아주 빠르고 전격적으로 수술이 진행되었다.

이 수술을 위해 유명한 루이스 요컴 박사뿐만 아니라 에릭 딘 박사까지 왔다. 모두 자기 분야에서의 어마어마한 명성을 생각해 볼 때 아무래도 마리아가 외가에 특별히 부탁한 모양이었다.

삼열은 잠을 한숨 자고 나니 이미 수술이 끝나 있었다. 몽롱하고 몸이 붕 떠 있는 느낌, 몸의 주인이 자신이 아닌 듯한 이질감이 느끼며 삼열은 눈을 껌벅거렸다.

수술은 여섯 시간이 걸렸다고 의사가 말했다. 하지만 삼열은 그 소리마저 꿈결처럼 들렸다. 뭔가 이야기를 나눈 것 같았는데 기억에 남은 것은 하나도 없다. 깨어나니 속이 미식거리고 어지러웠다.

"여보, 정신이 들어요?"

삼열은 마리아의 말에 고개를 끄덕였다. 그러나 입안 가득 거친 모래가 담겨 있는 듯 까칠하였다. 기운도 없고 머리가 몽롱하기만 했다.

"수술이 아주 잘되었대요."

"아, 다행이야."

"어쩌면 당신, 다시 운동할 수도 있을지 모른대요."

마리아의 말에 삼열은 갑자기 정신이 번쩍 들었다.

"정말……?"

"그럼요. 물론 당신이 얼마나 재활 훈련을 하느냐에 달려 있겠지만 말이에요."

"다행이네. 훈련이야 나의 장기이니까……."

삼열의 말에 마리아가 소리 내어 웃었다. 그의 말처럼 정말 삼열은 연습 하나만큼은 누구보다 열심히 한다. 그 부분에서는 마리아도 걱정하지 않았다.

줄리아가 소파 위를 기어 다니며 장난을 쳤다. 이제 제법 여자아이 같았다. 갸름한 얼굴선에 금발의 머릿결과 큰 눈은 정말 마리아를 빼닮았다. 아기는 커가면서 얼굴이 여러 번 변한다고 하던데 후에도 자신을 닮지 않기를 삼열은 진심으로 원했다.

"어머, 안 돼!"

쿵.

소파 옆에 있던 책들이 바닥으로 떨어졌다.

"어머."

소파 옆에 있는 작은 테이블이 기우뚱 옆으로 기울자 마리아가 뛰어가 손으로 막아 쓰러지지 않게 잡았다. 줄리아는 두 눈을 깜박이고 있었는데, 자신이 무엇을 잘못했는지 모르는 모양이었다.

"꺄아."

줄리아는 기분 좋은 소리를 내며 기분 좋은 표정을 지었다.

삼열은 삼손 같은 힘을 가진 딸을 걱정 어린 눈으로 바라보았다. 여자아이치고는 힘이 너무나 좋았다. 좋아도 그냥 좋은 정도가 아니라 심하게 좋아서 걱정이 될 지경이었다.

'부작용인가?'

삼열은 미카엘이 마리아의 가슴에 심어준 수정을 생각했다. 그에게는 별것 아닌 선심이었지만 지구인인 마리아는 엄청난 은혜를 입은 것이나 마찬가지였다. 그 수정의 영향을 받아 태어난 아이가 줄리아다.

삼열은 2주 후에 병원에서 퇴원했고 재활 훈련을 꼬박꼬박 받았다. 집에 돌아와 인터넷을 통해 기사를 보니 모두 자신에 대한 이야기들뿐이었다.

'영웅의 몰락', '괴물 투수 수술하다', '그는 과연 재기할 수 있을까?', '독보적 괴물 투수의 몰락' 등등.

시카고 컵스 구단은 일단 삼열을 60일 DL 명단에 올려놓았다. 아마도 곧 무슨 조치가 취해질 것이다. 물론 올해 안에 메이저리그 복귀는 불가능할 것이다.

"이제 뭐 할 거예요?"

"글쎄."

삼열은 마리아가 잠든 줄리아를 품에 안고 하는 말에 반사적으로 대답했다. 이제 무엇을 해야 할까?

"그냥 나랑 우리 딸이랑 같이 놀아요."

"그럴까……."

"그게 제일 좋을 것 같아요."

마리아는 삼열의 손에 들린 아이패드를 낚아챘다. 거기에는 '전파와 송신의 원리'라는 책이 담겨 있었다. 삼열은 그동안 조금씩 읽어오던 전자공학과 관련된 책 덕분에 공학적 개념과 원리들을 어느 정도 파악할 수 있었다.

삼열은 미카엘이 준 안테나의 원리를 이론화시키는 작업을 해나갔다. 이 안테나만 제대로 만들어진다면 통신업계의 일대 혁명이 일어날 것은 불을 보듯 뻔했다.

통신사는 기존보다 더 적은 기지국을 세움으로 유지비용이 적게 들 뿐만 아니라 새로운 통신 사업자의 장벽을 낮추게 해줄 수도 있다. 그만큼 미카엘이 주고 간 아테나는 엄청난 것이었다.

그동안 보물을 서랍 속에 내버려 두고 있었던 것이다.

'돼지 목에 진주 목걸이라니까.'

삼열은 자신이 안목이 없어 보물을 제대로 알아보지 못하고 푸대접한 것이 미안해질 정도였다. 미카엘이 준, 벌집 구조로 만들어진 안테나는 혁신을 뛰어넘는 놀라운 것이었다. 핸드폰, TV, 무선 통신은 물론 군사적인 영역에서도 사용 가능하였다.

돈이 좀 될 것 같네, 하던 처음의 예상은 말도 안 되는 억측이다. 돈이 엄청나게 될 핵폭탄 같은 아이템이었다.

재활 훈련은 일정한 시간 이상 하지 못하게 되어 있어 삼열은 새로운 취미를 가지려고 시도 중이었다. 그러나 야구 외에는 아는 게 없다 보니 마리아와 산책을 하거나 함께 영화를 보는 것 외에는 할 일이 없었다.

그래서 몸이 좀 좋아지자 시카고 대학에 청강을 신청했다. 처음에 삼열은 공대 과목을 청강하겠다고 해서 대학 관계자들을 놀라게 했다.

시카고 대학은 1890년 존 D. 록펠러가 세운 대학으로 이제까지 87명이 노벨상을 받은 학교다. 물리학과 경제학이 유명하며 세계 대학 7위(US News에 의하면)의 명문 사립대다. 시카고 대학은 순수 학문, 기초 학문이 발달해 있고 통학을 하지 않고도 수업이 가능하다.

삼열이 재활 훈련을 하는 중에도 컵스의 구단 관계자들이 수시로 찾아와 그와 면담을 하고 돌아갔다. 삼열의 재활이 끝나야 구단도 삼열도 어떤 선택을 할 수 있기 때문이다. 그래서 구단은 삼열이 요구하는 모든 것을 들어줬다.

평소 자금 지출에 인색한 존스타인 사장이 삼열과 관계된 것은 뭐든지 들어줄 생각을 하였는지 연습장에 있는 연습 기구 중 일부를 삼열의 집으로 옮겨주기도 했다.

'굳이 복귀를 서두를 필요는 없어. 일단 안테나에 승부를 걸어보자. 미카엘이 친절하게 안테나의 원리에 대한 자료를 많이 남기고 갔으니 오랜 시간이 걸리지는 않을 거야.'

삼열은 자신의 머리를 믿었다. 적어도 지적인 영역에서는 타의 추종을 불허할 만큼 뛰어난 것은 사실이니까.

"그래, 이제 새로 시작하는 거야!"

삼열은 재활 프로그램을 실천하면서 주먹을 꽉 쥐면서 소리쳤다. 이미 예전에도 지옥 같은 훈련도 이겨냈었다.

그때와 지금의 몸 상태를 비교하면 하늘과 땅 차이일 정도로 육체적 능력이 좋다. 이미 어느 부분에서는 인간의 능력을 벗어나기도 했으니 재활은 생각보다 오래 걸리지 않을 것이다.

그러나 야구를 하고 있으면 안테나 연구를 제대로 하지 못한다. 넘어진 김에 쉬어간다고 이참에 안테나 연구를 본격적으로 시작한 것이다.

지상에 존재하는 모든 안테나의 원리는 대부분 같다. 전기적인 에너지를 전파로 바꿔주거나 그 반대로 하는 것이 송수신 안테나다. 즉, 모든 안테나는 원리가 같으나 주파수의 파장에 따라 안테나가 달라진다.

안테나를 짧고 작게 만들기 위해서는 코일이나 콘덴서를

사용하여 전파의 진폭이 증가하도록 해야 한다. 결국 전파의 공진을 잘 시키면 좋은 안테나가 되는 것이다. 따라서 안테나가 좋으면 전파를 보내는 기지국과 멀리 떨어져 있어도 수신이 잘된다.

오늘날의 무선 통신 사업자들은 기지국을 가능한 촘촘하게 만들어서 불량 수신을 없앤다. 이렇게 하기 위해서는 많은 돈이 든다.

미카엘이 주고 간 벌집형 구조의 안테나는 공진율이 엄청나게 좋다. 즉, 별도의 장비 없이도 먼 거리의 송수신이 잘된다는 말이다. 이것이 삼열이 특허를 내려는 안테나의 장점이었다.

삼열은 안테나의 원리는 금방 깨달았다. 하지만 연구를 할수록 이것을 상업화하는 데의 문제점들을 깨달았다. 원리와 적용은 전혀 다른 것이다.

즉, 이런 원리를 이용하여 상품을 만드는 능력이 삼열에게는 없었다. 특허를 얻는 것은 어렵지 않으나 이를 상품화하기 위해서는 별도로 사업적 마인드를 가져야 한다.

삼열은 서재에서 수없이 많은 책과 자료들을 보면서 고개를 절레절레 흔들었다. 새롭게 만든 안테나를 적용하여 제품화하기에는 넘어야 할 벽들이 너무나 많았다.

"이거 쉽지 않은데."

삼열은 고개를 절레절레 흔들었다. 아무리 절묘한 제품이 있다고 하더라도 이를 사용할 기업이 특허를 사지 않으면 말짱 도루묵이다.

'일단 시제품을 만들어야 하는데… 그런데 어디서 만든단 말인가?'

특허 등록은 자료를 정리해서 신청하면 어려울 것 같지는 않았다. 하지만 그다음이 문제다. 이 특허를 개별 기업이 사용할 수 있도록 영업을 해야 하는데, 이것이 삼열에게는 너무 어려웠다.

"끙. 어렵네."

삼열은 손가락으로 책상의 한 면을 탁탁 쳤다. 뭔가 될 것 같긴 한데 출구가 보이지 않았다. 삼열은 자료를 정리하고 문을 잠갔다.

"여보, 뭐가 잘 안 돼요?"

마리아가 삼열의 표정을 보고는 걱정스러운지 물었다. 그녀는 거실에서 줄리아가 헤집어놓은 것들을 정리하다가 삼열이 서재에서 나오자 가까이 다가왔다. 줄리아는 거실의 소파에서 배를 내놓고 잠들어 있었다.

"잘 안 되는 것은 아니야. 그런데 아직은 잘 모르겠어."

"그래요. 뭐든지 기대하고 노력하고 기다려야죠."

"우리 딸은 어때?"

"휴우, 걱정이에요. 아이가 너무 성장이 빠르고 힘이 세요. 이제 걷게 되니 도무지 정신을 차릴 수가 없어요. 어떻게 해요."

마리아는 첫아기라 무척이나 정성을 다하였지만 여자아이가 남자아이만큼이나 드세서 걱정이 컸다. 그것은 삼열도 마찬가지다.

마리아는 삼열이 재활 훈련을 하면서 무엇인가 하고 있다는 것을 알았다.

삼열이 그녀의 이름으로 하버드의 도서관을 사용하면서 처음 눈치챘었다. 하지만 말을 하지 않으니 가만히 있었다. 약간 섭섭하기는 했지만 자신이 알아야 할 내용이면 삼열이 말했을 것이라 생각하며 삼열이 서재에 있을 때는 귀찮게 하지 않았다.

삼열은 소파에 누워 있는 줄리아의 옷을 내려 배를 덮어주었다. 딸아이가 태어나서 무척이나 행복했다. 아이가 태어남으로 두 사람이 있을 때보다 더 아늑한 가정이 되었다.

그러하기에 삼열은 줄리아가 말썽을 피워도 그것조차 예뻐 보였다. 사실 한 살 된 딸이 말썽을 피우면 얼마나 피우겠는가. 아빠의 눈으로 보니 모든 것이 예뻤다.

하지만 마리아는 아이에게 엄했다. 비록 한 살이라 하더라도 반드시 규칙을 지키도록 가르쳤다. 아이가 해서는 안 되는 일을 일찍 가르치고 잘한 일에는 칭찬을 하여 인성과 사회성을 기르도록 배려했다.

말썽꾸러기 줄리아도 시간이 지나면서 해서는 안 되는 일을 조금씩 배웠다.

“여보, 줄리아가 몸에 에너지가 너무 많아서 그런 것 아닐까요?”

“그, 그런가?”

아무리 봐도 한 살밖에 안 된 아기의 운동량이 지나치게 많았다. 딱히 병이라고 하기까지는 아니었지만 그 나이에 있는 아이들과는 확연히 달랐다.

아이를 키운 경험이 없는 초보 아빠 엄마인 삼열과 마리아는 이 사실을 너무 늦게 알아챘다.

“우리 저녁에 컵스 응원하러 가요. 마침 날도 이렇게 좋잖아요.”

“그럴까?”

삼열은 마리아의 제안에 솔깃해졌다. 그가 빠진 컵스는 요즘 그런대로 선전하고 있었다. 삼열 대신 마이너리그에서 올라온 벅 쇼가 예상외로 잘 던지고 있었기 때문이다.

게다가 올해 FA가 된 존 레이가 신시내티 레즈로 가면서 마이너리그에서 올라온 존리 말코비치가 요즘 날리고 있었다. 존스타인의 시도가 서서히 성과를 거두고 있었다.

삼열은 표를 예매하고 저녁에 일찍 리글리 필드에 도착했다. 오랜만에 본 리글리 필드는 무척이나 다정해 보였다. 삼열과 마리아는 모두 파워 업 티셔츠를 입고 줄리아를 안았다.

그라운드에서 로버트가 삼열을 보고 손을 흔들었다. 삼열도 마주 보며 손을 흔들었다.

삼열이 관중석에 나타나자 주위에 사람들이 모여들어 사인을 요청했다. 아이들은 줄리아를 보며 귀엽다고 난리였다.

"아기가 몇 살이에요?"

귀엽게 생긴 여자아이가 삼열을 보고 물었다.

"여보, 줄리아가 몇 개월이지?"

"8개월이잖아요."

"응, 8개월 되었어."

"아, 아기 엄청 귀엽다. 눈이 완전 커요."

여자아이는 줄리아의 얼굴을 신기한 듯 계속 바라보았다.

"이렇게 작은 아이가 야구장에 온 것은 처음이야. 이 아기도 야구 좋아해요?"

"그럼, 야구 중계를 하면 얌전하게 앉아서 본단다."

"와아, 정말이에요?"

"그럼."

삼열은 여자아이에게 사인을 해주고 주위의 아이들에게도

사인을 해줬다.

"그런데 삼열 강 선수는 언제 복귀해요?"

"사고를 당한 지 얼마 안 되어서 잘 모르겠구나. 재활 훈련은 열심히 하고 있단다."

"이 오빠가 빠지니까 야구가 좀 재미가 없어졌지, 그지?"

"응, 맞아. 삼열 강이 있을 때는 신나게 응원을 했었는데."

"맞아, 그 나나나나 파워 업도 좋았고 새로운 응원가도 좋았잖아. 그 한국 가수가 만들어준 응원가 말이야."

"맞아, 그 누나들 짱 예뻤지?"

"응, 엄청 귀여웠어."

삼열은 아이들이 하는 이야기를 들으며 파란오렌지의 이주현이 만들어준 응원가를 떠올렸다. 운동장에서 같이 부르기에는 너무 노래가 고왔다. 하지만 파란오렌지가 미국 시장에서도 활동하기 시작하자 이주현이 만든 응원가도 덩달아 인기를 얻었다.

아이들이 자신들의 자리로 돌아가자 몇 명의 선수들이 다가와 삼열과 마리아와 인사를 나누었다.

"어때, 재활 훈련은 잘되고 있어?"

"대충."

"하하하. 네가 나가고 나서 벅이 새로 왔는데, 너 긴장 좀 해야 할걸."

로버트가 삼열을 놀렸지만 그는 말려들지 않았다. 이 유치한 장난은 혼자 있을 때나 하는 것이다. 마리아가 옆에 있으니 삼열은 전혀 하고 싶지 않았다.

선수들은 얼마 안 있어 아이들과 팬들에게 사인을 해주고 다시 돌아갔다. 삼열을 발견한 몇몇 기자들이 접근하여 인터뷰할 수 있느냐고 물었지만 삼열은 거절했다. 부상을 당한 주제에 당당하게 인터뷰를 하고 싶지는 않았다.

수술받은 어깨는 생각보다 빠르게 낫고 있었다. 모두가 심장에 있는 불의 씨앗 덕분이었다.

삼열은 미카엘에게 고마운 마음을 느꼈다. 그가 준 불의 씨앗이 심장에 없었더라면 그 사고가 일어났을 때 바로 죽었을 것이다.

문제는 부상 때문에 삼열이 훈련을 제대로 하지 못하게 되면서 몸이 점점 약해지고 있다는 것이었다.

게다가 딸이 태어나 아기와 함께하느라 시간을 많이 빼앗긴 탓도 있었다. 무엇보다 가장 큰 이유는 러닝을 할 때 오른쪽 어깨 부분을 움직여야 해서 곤란했다. 아직은 기구의 도움 없이 팔을 움직이면 통증을 느꼈다. 하지만 대형 수술치고는 예후가 매우 좋은 편이었다.

'잘하면 내년에는 복귀할 수 있을지도 모르지. 하지만 흐트러진 투구폼을 다잡으려면 정말 많은 시간과 노력이 필요할

거야.'

삼열은 계속 밀려드는 관중들을 보면서 점점 경기 시작 시각이 다가옴을 깨달았다. 대부분의 자리는 시합 전에 모두 찼다.

시카고 컵스의 작년 성적이 나쁘지 않아 올해는 팬들의 기대가 컸는데 삼열이 덜컥 교통사고를 당해 전력에서 제외되었다. 그러나 다행스럽게도 마이너리그에서 올라온 벅 쇼가 매우 잘하고 있다. 그는 3승 2패에 평균 자책점이 2.98이었다.

시합이 시작되었다. 상대 팀은 LA 다저스였다. 컵스의 선발은 삼열 대신에 올라온 벅 쇼였고 다저스의 선발은 애런 아담이었다.

벅 쇼가 마운드에 나와 연습구를 던지기 시작했다. 그는 190㎝의 키에 탄탄한 체구를 가졌다. 미트에 꽂히는 소리가 요란한 것을 보니 제구와 구위도 좋아 보였다. 마침내 벅 쇼가 마운드에서 공을 던졌다. 공이 빠르게 날아가다가 타자 앞에서 휘어져 들어갔다.

펑.

"스트라이크."

디마리아는 투수를 다시 한 번 바라보았다. 이거 제법인데, 하는 눈치였다.

디마리아는 작년에 신시내티 레즈와의 경기에서 손가락 부상을 입어 고생했지만 그해 56게임에 출전하여 24개의 도루를 했을 정도로 발이 빠른 유격수다. 하지만 올해의 타격은 타율이 2.29로 엉망진창이다.

삼열은 처음으로 관중석에서 경기를 관람하게 되자 기분이 이상야릇했다.

재미는 있지만 어색했다. 그리고 자신이 있어야 할 자리가 여기가 아닌 마운드라는 생각이 강렬하게 들었다. 마리아의 품에 있는 줄리아가 자꾸 삼열에게 오려고 했다.

“줄리아, 아빠 힘들어.”

“빠빠. 꺄앙?”

삼열은 마리아의 품에서 줄리아를 받았다. 그리고 왼손으로 오른손을 줄리아가 건들지 못하게 살짝 붙들었다. 줄리아가 삼열의 얼굴을 만지며 방긋 웃었다. 삼열은 그런 줄리아의 입에 뽀뽀했다.

그 장면이 전광판에 나오자 관중들이 환호성을 지르기 시작했다. 예의 파워 업 소리가 리글리 필드를 가득 채웠다. 아기의 얼굴도 클로즈업되었고 마리아의 얼굴도 비추어졌다. 그럴 때마다 박수가 터져 나왔다.

원더풀 스카이의 찰리신 아나운서가 이를 보고는 재빠르게 멘트했다.

—삼열 강 선수가 관중석에 와서 컵스의 경기를 관람하고 있군요. 마리아 강 부인도 함께 왔는데 보기 좋습니다.

—하하, 그러네요. 삼열 강 선수는 교통사고 이후에 처음으로 리글리 필드에 나왔군요. 이렇게 나온 것을 보니 재활 훈련이 제대로 되는 것 같군요. 어쨌거나 삼열 강 선수가 마음의 안정을 찾은 것이라고 봐야겠죠.

—그렇습니다. 부상을 당해 경기는 뛰지 못하지만 심심하지는 않을 것 같군요. 아기가 태어났으니까요.

—그렇죠. 첫아기이니 정말 사랑스러울 것입니다. 화면을 보니 아기가 부인을 닮았더군요. 이런 말하기는 뭐하지만 정말 잘 되었습니다.

—저도 그 말에는 전적으로 동의합니다.

에드워드 찰리신과 자니 메카인 해설 위원이 웃으며 이야기를 했다. 다시 장면은 경기장으로 옮겨졌다.

벅 쇼가 디마리아를 삼진으로 돌려세우며 관중들로부터 박수를 받고 있었다. 디마리아는 출루하면 발이 빨라 수비진을 애먹이지만 다행스럽게도 출루율이 높지 않았다.

2번 타자는 존 엘비스. 최근에 장타력이 떨어지고 있지만, 수비에서만큼은 여전히 그 가치를 인정받고 있다. 하지만 나이에 비해 많은 연봉을 받는다는 지적도 있었다.

벅 쇼는 존 엘비스마저 쉽게 투수 앞 땅볼로 처리했다. 게다가 3번 타자 JK. 뎀프마저 삼진으로 잡았다. 1억 6천만 달러의 사나이를 삼진으로 잡고 벅 쇼는 기분 좋게 웃으며 마운드를 내려갔다.

"괜찮네."

"그렇죠?"

마리아가 삼열의 말을 듣고 동의했다. 줄리아는 다시 마리아의 품에 안겨 칭얼거렸다.

컵스의 경기를 관중석에서 보고 있으니 삼열은 조바심이 났다. 어서 빨리 마운드에 서고 싶다는 열망이 심장을 뜨겁게 달궜다.

아직 야구를 다시 할 수 있을지도 결정이 나지 않았지만 느낌은 할 수 있을 것만 같았다.

다시 찾은 컵스는 비록 몇 달 만이었지만 푸근하고 안락했다. 마치 집처럼.

삼열의 마음을 알았는지 마리아가 삼열의 손을 꽉 쥐며 웃었다. 눈빛이 '당신 뛰고 싶죠?' 하고 묻고 있었다. 그제야 삼열은 정신을 차리고 차분하게 경기를 관람했다.

삼열은 자신의 핏속에 끓고 있는 야구에 대한 열정이 생각보다 큰 것을 보고 무척 놀랐다.

아직 재활 훈련의 결과가 나오지도 않은 상태다. 하지만 어떠한 역경이나 시련이 있다고 하더라도 극복할 수 있을 것만 같았다. 그동안 딸과 노느라 핏속에서 뛰는 야구에 대한 열망을 잊고 있었던 것이다.

'반드시 돌아갈 거야. 마운드는 내가 있어야 할 자리야!'

삼열은 주먹을 꽉 쥐었다. 오른쪽 어깨도 순간 힘이 들어갔다. 마음만으로는 전과 동일하게 170㎞/h의 공을 던질 수 있을 것만 같았다.

애런 아담은 2012년 아홉 명의 타자를 연속 삼진으로 잡으면서 1962년 잔 파드레스가 세운 LA 다저스의 8연속 삼진 기록을 갈아치웠고, 투심 패스트볼을 이용하여 맞혀 잡는 피칭을 하게 되면서 전혀 새로운 투수가 되었다.

올해도 7승 4패에 평균 자책점이 3.76으로 그의 메이저리그 통산 자책점 4.21에서 크게 내려왔다.

"여보, 당신도 저기서 뛰고 싶죠?"

"물론이지. 하지만 지금은… 참아야겠지."

"맞아요. 조금 일찍 뛰려다가 그만큼 더 일찍 야구를 그만둘 수도 있으니까 서두르지 말고 우리 천천히 가요."

삼열은 마리아의 말에 고개를 끄덕였다.

컵스는 다저스를 압도하며 경기를 하고 있었다.

서부 지구 2위를 하고 있는 다저스를 벅 쇼는 가볍게 막아내고 있었고 3회에 존리 말코비치가 솔로홈런을 치고 5회에는 로버트가 2점 홈런을 쳐서 3 : 0으로 앞서갔다.

"여보, 줄리아가 잠들었어요."

"아, 그래?"

삼열은 마리아의 품에서 잠든 줄리아를 보았다.

"힘들지 않아?"

"딸을 안고 있는데 뭐가 힘들어요. 이렇게 예쁜데."

둘이 이야기를 하는데 아까부터 줄리아를 보고 있던 옆자리의 꼬마가 말했다.

"아기가 자네요."

"응, 그래. 지금은 잘 시간이 아닌데 오늘은 낮에 많이 놀아서 피곤한가 봐."

"아가가 뭘 한다고 피곤해요?"

"어? 그건 그러네."

삼열은 꼬마의 말을 듣고 설명하기 힘든 문제에 봉착했다는 것을 알았다. 노는 것이 정말 힘든 것일까? 아기들이 노는 것은 어른들이 일하는 것과 비슷한 것일까, 생각해 보아도 정답이 생각나지 않았다.

"벅 쇼 선수가 잘하고 있지?"

"네, 풋내기치고는 아주 잘하고 있어요."

삼열은 꼬마의 말을 듣고 입을 다물었다. 자신도 아이들에게 저렇게 풋내기로 대우받은 시간이 있었을 것이라는 생각이 들었기 때문이다.

삼열은 벅 쇼가 7회까지 무실점으로 마운드를 지키고 물러나는 것을 보고 놀랐다. 그래서 자신도 모르게 일어나 박수를 쳤다. 삼열뿐만 아니라 주위의 많은 사람이 벅 쇼를 위해 박수를 쳤다. 메이저리그에 갓 올라온 투수치고는 정말 대담한 심장을 가졌다.

그는 위기에서도 조금도 흔들리지 않았다. 만약 구속이 지금보다 조금이라도 더 높았다면 정상급 투수가 되는 것은 시간문제였다. 물론 그렇지 않다고 하더라도 그는 충분히 훌륭했다.

그리고 존 레이 대신에 들어온 존리 말코비치는 정말 어마어마했다. 존재감부터가 달랐다.

어떻게 메이저리그의 초보자가 이런 카리스마를 뿜어내는지 이해가 되지 않을 정도였다.

그에게서 그 어떤 투수에게라도 절대 굴복하지 않겠다는 투지가 멀리에서 봐도 느껴졌다. 그는 마치 베이브 루스처럼 강렬한 인상을 풍겼다.

'하아~ 컵스에 서광이 비치는 것일까?'

삼열은 자신이 컵스의 위상을 얼마나 올렸는지를 몰랐다. 이전이었다면 어지간한 선수들은 컵스에 오려고 하지 않았다. 그것은 메이저리거뿐만 아니라 뛰어난 유망주들조차 마찬가지였다.

하지만 삼열이 컵스에서 뛰면서 컵스의 이미지가 완전히 바뀌었다.

그것은 마틴 스트라우스가 듣보잡 구단에 해당했던 워싱턴 내셔널스를 전국구로 알린 것과 비슷했다. 삼열은 마틴 스트라우스 이후 메이저리그에서 가장 빠른 공을 던지는 투수였고 팬들이 정말 좋아하는 악동이기도 했다.

작년 시즌이 끝나고 컵스가 보강한 것 중 하나가 중간 계투진이었다. 평균 자책점이 1.1에 불과한 삼열은 24승을 올렸지만 뛰어난 성적에 비해 승수가 적은 편이었다. 이는 컵스의 공격이 따라오지 못한 것도 있었지만 계투진의 실력이 부족해서였다.

삼열도 승수에는 관심이 많았지만, 그렇다고 무리는 하지 않았다.

공을 100개 내외로 던질 수 있을 것 같으면 완투를 했지만 그렇지 않으면 7회 이후에는 항상 물러나곤 했다. 박빙의 경기면 8회까지 던지고 마무리 투수에게 마운드를 넘기곤 했다.

'젠장, 올해는 정말 해볼 만한데.'

삼열이 말하는 것은 지구 우승이다. 월드 시리즈 우승은 턱도 없는 일이다.

시카고에는 화이트삭스라는 팀이 있지만 예전 블랙삭스 스캔들로 인해 팬이 많지 않았다.

따라서 100년 동안 우승하지 못한 컵스에 대한 팬들의 관심은 굉장했다. 우리는 언제 한번 우승을 해보나, 하는 팬들의 넋두리가 시간이 지나면서 오기로 변했다. 그래서 컵스의 팬들은 충성도가 굉장히 높다.

게다가 리글리 필드가 무척이나 관중 친화적인 구장이라 야구를 보면서도 가족 모임을 할 수도 있을 정도였다. 따라서 컵스는 만년 꼴찌 팀치고 재정적 어려움을 별로 겪지 않았다.

삼열은 관중석에서 경기를 지켜보면서 감격했다. 시카고 컵스에서 희망을 본 것이다. 그러자 관심도 별로 없던 컵스에 대한 애정이 조금씩 자라기 시작했다.

'낫기만 하면 다 죽었어!'

삼열은 집으로 돌아오면서 생각에 잠겼다.

마리아는 지쳐 잠에 빠진 줄리아의 머리를 어루만졌다. 그녀는 행복했다.

사랑하는 사람에게 가족을 만들어 주려고 노력했다. 다행히도 태어난 아기는 예쁘고 귀여웠다. 남편이 딸에게 빠진 모습에 질투를 느낄 정도였지만 오히려 그 모습이 더 좋았다. 이제 남편에게 진짜 가족이 생겼으니까.

마리아는 생각에 잠겨 있는 삼열을 바라보았다. 삼열이 사고를 당한 그날 그녀가 얼마나 놀랐던가. 하지만 이렇게 건강을 되찾은 모습을 보니 마음이 든든했다. 이 행복을 지키기 위해 더 열심히 노력할 결심을 했다.

올 때는 마리아가 운전했지만 갈 때는 줄리아 때문에 삼열이 운전했다. 어차피 오토인 차라 10분도 안 되는 거리를 운전하는 데는 무리가 없다.

침대에 잠든 줄리아를 눕히고 삼열과 마리아는 거실에서 포도주를 마셨다.

삼열은 적당한 알콜은 몸에 괜찮다고 하여 포도주 서너 잔은 마시곤 했다. 그런데 알콜이 들어가자 마리아의 얼굴이 평소보다 더 곱게 보였다. 볼이 조금 붉게 변한 모습이 너무나 선정적이었다. 삼열은 참을 수 없는 충동을 느끼고 그녀의 입술을 더듬었다.

"아이, 왜 이래요."

마리아는 말은 그렇게 하면서도 손으로 삼열의 몸을 쓰다듬었다. 사실 요즘 딸을 돌보느라 부부 관계가 좀 소홀했다.

"하아."

숨이 턱까지 차오른 마리아가 삼열을 껴안았다. 서로를 원하던 격정적인 시간이 순식간에 지나갔다.

마리아는 잠든 삼열에게 담요를 덮어주며 어두운 창밖을

바라보았다.

오늘은 너무나 좋았다. 남편은 리글리 필드에 가서 뭔가 굉장한 도전을 받은 것 같았다.

'이 남자… 개구쟁이에 악동, 그러나 알고 보면 너무나 부드럽고 여린 남자! 평범하게 보였던 남편이 보석인 것을 알아본 것은 모두 부모님의 교육 덕이야. 내 딸도 좋은 남자를 만날 수 있도록 잘 가르쳐야지.'

마리아는 미소를 지으며 혼자 잠든 줄리아의 옆에 누웠다. 작고 부드러운 촉감이 만져질수록 말로 표현하지 못하는 모성애가 생겨났다.

어떻게 하면 이 아이를 잘 키울 수 있을까 하는 생각은 하면 할수록 어려웠다. 남편은 딸을 사랑했지만 교육에는 재능이 없는 듯했다.

'내 아기. 잘 자렴!'

마리아는 눈을 감았다. 그리고 잠에 빠져들었다.

*　　　*　　　*

이른 아침부터 삼열은 러닝머신에서 달리고 또 달렸다. 그럴수록 오른쪽 어깨가 아팠지만 무시했다.

하루라도 빨리 마운드에 서고 싶었다. 하지만 재활에 성공

한다고 하더라도 예전의 구위를 되찾을 수 있을지는 여전히 미지수다.

'안 되면 왼손으로 던지지, 뭐. 그것도 안 되면 타자라도 하고.'

삼열은 야구를 사랑했다. 마운드에 서면 심장이 터질 것 같은 희열이 찾아오곤 했다. 타자를 상대하는 것이, 그리고 타자를 아웃시키는 것이 재미있었다. 그것을 못 한다면 아마도 슬플 것이다.

'난 할 수 있어. 이것보다 더 고통스러운 과정을 거쳐 왔잖아. 내 인생에 다가오는 불행과 정면으로 마주할 거야. 그리고 이길 거야.'

삼열은 뛰고 또 뛰었다. 어느 순간이 되자 고통스러웠던 오른쪽 어깨에서 통증을 느낄 수가 없었다.

아침 식사 시간이 되어 운동을 멈췄다. 보통 때보다 한 시간이나 늦은 아침이었다.

아침을 먹을 때 줄리아가 깨어나 이유식을 먹였다. 아기는 정말 많이 먹었다.

"이러다가 우리 딸 뚱보 되는 건 아니겠지?"

삼열이 걱정스러운 표정으로 묻자 마리아가 조용히 웃었다. 사실 그녀도 조금 걱정이 되기는 했지만 운동량이 많으니 어떻게든 되겠지, 하고 생각했다. 밥을 적게 주면 줄리아는 화를 보통 내는 것이 아니었기 때문이다.

삼열의 말을 들었는지 줄리아의 볼이 부풀어 올랐다. 뭔가 마음에 들지 않는 모양이다. 삼열은 그 모습을 보고는 깨달았다.

이 조그마한 딸이 자신이 한 말을 모두 다 알아들은 것이다. 아이가 어리다는 것은 배우고 이해하는 데 문제가 있다는 것이지, 그렇다고 바보는 아니다. 삼열은 재빨리 아부의 말을 했다.

"하지만 우리 줄리아는 너무 예뻐. 여보, 그렇지?"

"네, 우리 딸 얼마나 예쁜지 몰라요. 이렇게 밥도 잘 먹고 엄마 말도 얼마나 잘 듣는데요."

"맞아, 맞아."

삼열과 마리아의 말에 줄리아가 방긋 웃었다. 삼열은 그 모습을 보고는 아무리 아기라도 할 말이 있고 못할 말이 있다는 것을 깨달았다. 그러자 어떻게 딸을 키울지 걱정이 되기 시작했다.

줄리아는 말도 제대로 못하지만 대부분의 말을 알아들으니 아버지가 될 준비가 아직 안 된 그로서는 난감했다. 그냥 딸이 마냥 예뻤지, 어떻게 키울지를 생각하지 못한 것이다.

마리아가 워낙 현명하니 알아서 하겠지, 했는데 이제 보니 마리아 혼자 잘한다고 될 문제가 아니었다.

삼열은 안테나에 대한 연구가 더 이상 진척이 없을 거란 걸 깨달았다. 천재인 그는 일의 한계를 분명히 깨달을 수 있었다. 잘하면 황금알을 낳는 거위가 되겠지만, 그렇다고 야구를 포기하고 싶지는 않았다.

게다가 사회성이 뛰어난 편이 아니라 사업에 성공할 자신도 없었다. 머리가 좋다는 것과 회사를 운영하는 것은 별개의 문제이기 때문이다.

삼열은 오후에 줄리아와 조금 놀다가 컵스의 연습장으로 갔다. 연습장에는 여전히 로버트가 일찍부터 나와 연습을 하고 있었다.

거기에는 벅 쇼와 존리 말코비치도 있었다. 벅 쇼는 가볍게 공을 던지며 회복 훈련을 하고 있었고 존리는 배트를 휘둘렀다. 로버트가 삼열을 보고 달려왔다.

"와우, 삼열. 웬일이야?"

"연습장에 연습하러 왔지, 왜 왔겠어."

"정말? 이, 이 미친 새끼가 주제를 알아야지. 환자 주제에 여기를 와?"

"내 몸은 내가 알아서 할 테니까 네 몸이나 잘 간수해."

"음하하하. 내 몸은 언제나 완벽하지."

이럴 때 로버트는 정말 영악해 보인다. 하지만 이것은 오직 야구와 연관된 것에 한했다.

지금은 아니지만 3년 전에는 자신의 연습량을 따라왔었다. 신성력이 아니었다면 삼열의 몸은 고장이 나도 단단히 났을 것이다. 그런데 로버트는 그것을 이겨내었다. 그는 이해할 수 없을 정도로 강한 몸을 가졌다.

벅 쇼가 다가와 인사를 나눴다.

"헤이, 삼열. 만나서 반가워!"

"너 어제 멋지던데."

"그, 그래? 고마워."

삼열의 칭찬에 멋쩍은 표정으로 벅 쇼가 대답했다. 존리도 다가와 자신을 소개했다. 삼열은 웃으며 악수를 했다.

"넌 우리의 우상이야."

존리가 진지한 표정으로 말하자 삼열은 의아한 표정으로 그를 바라보았다. 그는 타자, 자신은 투수였다. 알지도 못하는데 이런 말을 들으니 난감했다.

"로버트가 너에 대해 말해 줬지. 네가 얼마나 지독하게 연습을 했는지. 감동했어. 너 같은 대단한 투수도 그렇게 연습을 하는데 우리도 당연히 너를 따라 훈련을 해야지."

"하하, 그거라면 존경해도 돼. 내가 나으면 잘 지도해 줄게."

"그, 그럴 필요는 없어."

존리와 벅 쇼가 곤란한 표정을 지었고 로버트는 이미 저만치 가서 배트를 휘두르고 있었다.

삼열은 연습장에서 몸을 풀면서 그동안 약해진 관절과 몸을 다듬었다. 비록 운동을 안 한 지 몇 달밖에 되지 않았지만 근육이 많이 풀려 있었고 관절의 힘도 줄어들어 있었다.

'하여튼 몸은 쓸데없이 너무 정직해서 탈이야.'

삼열은 아주 천천히 몸을 움직이며 움직일 수 있는 영역을 넓히기 시작했다. 그래 봐야 아주 조금이었지만 실망하지 않았다.

존스타인은 삼열이 연습장에 나와 훈련을 한다는 보고를 급하게 받고 베일 카르도 감독을 불렀다.

"들으셨어요? 삼열 강이 연습장에 나타났다는데요."

"저도 방금 전에 케이츠에게 들었습니다."

케이츠는 연습장을 관리하는 스태프 중의 하나였다.

"몸이 나은 것일까요?"

"그럴 리가 없습니다. 병원으로부터 꾸준하게 삼열에 대한 기록을 받아보고 있습니다. 아직 재활 훈련조차 완전히 끝나지 않았다고 합니다."

"흠, 그렇다면 오른쪽 어깨를 아직 못 쓴다는 것이겠군요."

"그렇습니다. 삼열이는 워낙 연습광이니 아마 몸이 근지러워서 나왔을 것입니다."

"흠, 그렇다면 몸이 나아야 복귀 여부를 알 수 있겠군요."
"그렇습니다. 팔이 나아도 예전의 구위를 회복하려면 시간이 많이 걸릴 것입니다. 그는 토미존 수술만 받은 것이 아니라 정형외과 수술도 같이 받았습니다. 굉장히 복잡한 수술이었습니다. 정상인처럼 팔을 사용할 수 있는 것만 해도 놀라운 일입니다. 워낙 수술을 집도한 의사들의 실력이 좋았으니 그 정도죠. 보통 사람이면 정상적인 생활도 불가능했을 겁니다."
"그렇겠지요. 하아~ 아쉽군요. 올해 그가 있으면 성적이 좀 더 나았을 텐데."
"그렇기는 하지만 벅 쇼도 아주 잘하고 있습니다. 이번 기회에 우리는 보석을 건진 것이죠."
"흠, 흠."
존스타인은 손을 마주 잡고 손가락 관절을 소리가 나게 구부렸다.
그는 우두둑 소리가 날 때마다 머리를 옆으로 흔들곤 했다. 그리고 손을 풀고 손가락으로 탁자를 톡톡 쳤다.
"일단 그를 마이너리그로 내리고 코치진과 상의해서 다시 올리도록 하죠."
"그래야죠. 그런데 아마 재활 훈련을 마치면 삼열이 알아서 할 것입니다. 원래 그런 놈이니까요."
"그렇겠지요."

존스타인은 약간의 희망을 가지며 미소를 지었다. 아직도 삼열의 인기는 사그라지지 않고 있었다. 구단에서 가장 많이 팔리는 저지는 당연히 62번 티셔츠였다.

"올해는 우승할 수 있을까요?"

"삼열이 있었다면 몰라도 조금 힘들 것 같습니다. 다른 팀들도 선수 보강을 많이 했으니까요. 하지만 팜에는 여전히 많은 유망주가 있습니다. 게다가 제법 이름 있는 선수들도 예전과 달리 우리 팀으로 오는 것을 선호하고 있습니다."

"흠, 그것도 삼열이 때문이겠죠?"

"그것을 배제할 수 없겠지만, 컵스의 분위기가 많이 달라졌으니까요. 그것도 소문이 난 듯합니다. 팬들의 열광적인 응원과 사랑, 그리고 우승 가능성이 예전보다 더 높아졌으니까요. 그래도 삼열이 재기해야 좋은 선수들이 올 것 같습니다."

"그렇겠지요. 우승 여부가 선수들에게는 가장 중요한 요소 중의 하나이니까요. 삼열이 2년 동안 엄청난 활약을 해준 덕분에 컵스의 이미지가 좋아졌어요. 하하, 참. 이거 두 명의 유망주를 주고 트레이드를 해왔지만 이렇게 엄청난 투수가 될 것이라고는 생각하지도 못했는데……."

"그렇습니다."

베일 카르도 감독도 존스타인의 말에 고개를 끄덕였다. 정말 믿을 수 없게도 컵스의 변화는 그 당시 이름도 없었던 삼열의 등장으로부터 시작되었다.

엄청난 훈련, 무지막지한 공을 아무렇지도 않게 던지는 괴물 투수는 컵스에 대한 기존의 이미지를 모두 바꾸어 버렸다.

삼열은 선수들 사이에서도 괴물이었다. 무지막지한 구속 때문이 아니라 엄청난 훈련량 때문이었다. 그래서 컵스 선수들의 연습량은 다른 팀의 선수들보다 훨씬 많았다. 이것이 컵스를 변화시키고 있었다.

사람들은 몰랐다. 변화는 아주 작은 것에서부터 시작된다는 것을. 그리고 그 변화가 마침내 컵스를 완벽하게 바꾸고 있었다. 이전의 패배의식은 흔적이 아예 감추었다.

팬들의 열화와 같은 파워 업 응원은 이제 리글리 필드를 떠나 원정경기에서도 나타났다. 긴긴 잠에서 서서히 컵스가 깨어나고 있었다.

『MLB—메이저리그』 10권에 계속…